# 星之彩

# COLOUR OUT OF SPACE

H.P.Lovecraft
[美] H.P. 洛夫克拉夫特 著
谢紫薇　范娟　译

重庆大学出版社

# CONTENTS

# 目录


001 胡安·罗梅洛的变化

013 回忆萨缪尔·约翰逊博士

025 伦道夫·卡特的供述

037 石之人

065 星之彩

111 夜魔

153 最后的测试

# The Transition of Juan Romero

# 胡安·罗梅洛的变化

我不愿多讲1894年10月18日至19日在诺顿矿山发生的事件。但是出于对科学的责任感，我在风烛残年又回忆起那些可怕的景象和事件。那些事情根本无从解释，所以就更显得恐怖。但我认为，有必要在死之前把自己所知的一切都和盘托出——那就是在胡安·罗梅洛身上发生的……姑且称为“变化”吧……

我的姓名和出身不必流传后世。事实上，一个人突然移居合众国——大英帝国的殖民地时——他就已经放弃自己的过去了，所以不提也罢。过去的我是怎样一个人呢，这也许和主题毫无关系，但我要说一下，在印度服役时，我更愿意和当地那些白胡子老者待在一起，不愿与同僚军官为伴。在研究怪异的东方传说时，我深入太多，结果招致灾祸，只好来到广阔的美国西部，开始新的人生。当时我觉得最好是改名换姓，就给自己取了现在这个没有任何含义的名字。

1894年夏秋时分，我搬到了仙人掌山脉那荒凉而辽阔的土地，以一名普通矿工的身份被闻名遐迩的诺顿矿山雇用。数年前，一位年长的勘探者发现了这座矿山，矿藏一经发现，荒无人烟的旷野就变成了欲望翻涌的大锅。山中湖泊深处隐藏着黄金洞窟，那年迈的勘探者摇身一变成了做梦也不承想过的大富翁。此后洞窟又几经转手倒卖，最后一个将它买下的公司在此建立起广泛采掘的根据地。新的洞窟陆续被开发，出产了大量黄金。健壮的矿工组成鱼龙混杂的大军，不分昼夜地在坑道和洞穴里劳动。矿场的主管亚瑟经常谈论这里的地质结构如何罕见，他考察过这一连串洞窟的覆盖范围，认定此地将变成一个无比巨大的金矿，同时他还断定，所有的金矿洞窟都已经被水侵蚀，很快就能全部挖开。

我被雇用后不久，胡安·罗梅洛也来到了诺顿矿山。附近很多粗野的墨西哥人都蜂拥来到矿山，胡安·罗梅洛原本也是其中一员。人们注意到他，是因为他的容貌奇特。他无疑有红种印第安人血统，但皮肤颜色极淡且轮廓十分精致，真的让人十分惊讶。他和普通“老墨”或者本地派尤特族印第安人截然不同。更奇怪的是，尽管长相和西班牙裔或印第安人不同，但是他明显不是白种人——既非从卡斯蒂利亚来的征服者也非美国的开拓者，有点像古老而高贵的阿兹特克人。罗梅洛沉默寡言，每天早起之后，都会陶醉地凝望从东边山顶露出脸颊的朝阳，仿佛在执行什么连他自己也不了解的仪式似的，把双臂伸向太阳。这样的行为令人浮想联翩，似乎也和阿兹特克人有关。不过除了面孔之外，罗梅洛与“高贵”绝缘。他粗鄙无知，终日和那些褐肤的墨西哥人住在一起，后来我听说他出身赤贫。他童年时经历过一场大范围的瘟疫，据说他是唯一幸存者，被人在一间简陋的山间小屋里发现，那小屋近旁就有一条奇怪的岩石裂缝，当时他身边还躺着两具刚被秃鹫啄食干净的人类骷髅——应该就是他的双亲。没人记得他的家人，他们很快就被遗忘了。事实上，那之后发生了一场雪崩，干土坯砌成的小屋被摧毁了，岩石裂缝也被堵塞了，生养他的地方也从人们记忆中消失了。他被一个墨西哥偷牛贼养大，那人给他取了个名字，现在罗梅洛已和他的那群同伙完全一样了。

罗梅洛对我的忠诚源于一枚古老奇特的印度指环，劳动的时候我总戴着这枚指环。指环的来历我不能说，它是我和我那永远锁闭的前半生的最后联系，我对它极其珍视。那墨西哥人露出好奇的表情，似乎对它产生了兴趣，不过他眼中却没有半点贪婪之意。他虽未受教育但头脑却相当活跃，指环上的古代象形文字似乎触发了他某些模糊的回忆，然而他以前绝对从未见过这类物品。

罗梅洛来到矿山后不过几个星期，似乎就变成了我忠实的仆人，可被当作主人的我也不过是一名普通矿工罢了。我们的交谈极为有限，这也是理所当然的：罗梅洛只懂一点点英语，我则发现，牛津大学里学到的西班牙语与新西班牙的劳工的方言完全不同。

在我要说的事情发生之前，没有任何不祥之兆。罗梅洛虽然对我感兴趣，对我的指环有着奇怪的反应，但在大爆炸发生时，我们谁都没料到接下来会发生什么——通过研究地质结构，人们断定矿脉一直向下延伸到极深的地方，主管认为那里是坚硬的岩层，于是放置了大量炸药。我和罗梅洛都没有参与这次作业。通过旁人的讲述，我们才知道发生了些怪事。炸药似乎放得太多，整座山都动摇起来，山坡上的棚屋窗户全被震碎，附近坑道里的矿工都被震倒在地，位于爆破点正上方的宝石湖也像遭遇风暴一般起了巨浪。通过调查，人们发现一个深不见底的深渊在爆破点下方张开了巨口，这深渊深得骇人，矿上任何一条绳索也探不到底，任何一盏灯也照不透其中的黑暗。矿工们十分困惑就找主管谈了这件事，主管命令拿许多极长的绳索头尾相接，系在一起放进去，直到碰到洞底为止。

很快，脸色惨白的工人们向主管报告作业再次失败。

他们礼貌而坚定地表示绝不再到裂口处去，甚至拒绝在裂口封闭之前再进矿山工作。他们直面了超出自己经验的事态，他们断定这个空洞是无底的。主管并未责备他们，反而陷入深思，并为第二天制订了许多计划。那天晚上矿山没有开工。

半夜两点左右，一匹孤单的郊狼开始低声嗥叫，在矿区某处，一只狗仿佛回应一样也叫起来。山顶的风暴逐渐变强，半月的光辉透过层层的卷云照下来，在夜空的微光中，那异形的云彩开始以可怕的速度流动。上铺罗梅洛发出的声音把我吵醒。他的声音激动又紧张，还包含着某种我无法理解的期望：

“圣母啊！那声……那声音！您听着了吗？听着了吗？先生，那声音！”

我侧耳静听，想知道他指的是什么声音。郊狼、狗、风。我能听到的只有这些。风暴越发强烈，狂风怒吼着透过工棚的窗户，窗台闪电不断劈闪。我不知道他说的是不是这些声音，于是就问那神经紧张的墨西哥人：

“是郊狼吗？是狗吗？是风吗？”

罗梅洛没有回答。过了一会儿，他用敬畏的口吻低声说：

“是韵律，先生……是大地的韵律……那是地面之下的鼓动！”

这时我也听见了。光是听到那个声音我就全身发抖，也不知道是为什么。那声音从我脚下极深的地方传出——正是罗梅洛所说的宛如鼓动的韵律，虽然非常微弱，却比狗叫、狼嗥以及猛吹烈打的风暴都强。这种韵律无法用笔墨形容，硬要说的话，大概类似在巨型邮轮的甲板上感到的引擎的震动，但它不是那种机械的震动，不是那种无生命、无意识的震动。在它所有的特性中，令我印象最深的还是它从地底深处传出这一点。我脑中顿时出现了由爱伦·坡所引用、出自约瑟夫·格兰威尔笔下的一句话，这句话在那篇文章中非常出彩：

——神的伟业辽阔无垠，奥妙而不可理解，其深邃远胜德谟克利特之井——

罗梅洛突然跳下床，站在我面前看着我的指环——每当闪电落下，指环都会发出奇异的光。他又凝望矿井的方向，我也起床站好，和他一起站着，专心致志地倾听那离奇的韵律，现在它的生命感已经越来越强。我们不知不觉地走到门边，听见门被强风吹得嘎吱嘎吱响，才找回一点令人宽慰的尘世实感。从地下深处传来的咏唱——现在听起来就像咏唱——已经变得高亢而清晰，我们难以自制，只觉得必须在风暴中出门，投入矿坑的黑暗之中。

我们在路上没遇到任何人，因为夜班矿工都不必工作了，峡谷定居点那些昏昏欲睡的酒吧侍者似乎也听到了不祥的谣言。只有微弱的黄光从警卫小屋的方窗里射出来，就像一只监视的眼睛。我迷迷糊糊地想，不知这韵律会对警卫造成什么影响，可这时罗梅洛已经迅速前行，我也只好快步紧随其后。

走下坑道之后我才听清，从地底传来的这个声音原来是由许多声音混合而成的，其中有敲鼓般的声响，也有许多声音的合唱，和我所知的某种东方仪式有可怕的相似之处——前面也说过，我曾在印度待了很久。罗梅洛和我毫不犹豫地穿过水平坑道爬下梯子。尽管一直在向引诱着我们的目标前进，可我却有种可悲的恐惧感，同时也无力地抗拒着。有那么一会儿，我的精神还不太狂乱，我心想，明明没拿灯或蜡烛，为什么坑道里还这么亮呢？这时我才发现，我手上的那枚古老指环正放出怪诞的光，这苍白的光辉扩散开来，照亮了潮湿而沉闷的空气。

罗梅洛根本不理会我的警告，他在许多简陋的梯子中随便找了一架爬下去，接着飞快地向前跑，把我甩在后头。我隐约听到鼓声和咏唱声里加入了新的狂野曲调，这调子对罗梅洛造成了惊人的影响，他高喊一声，就冲进了没有任何标记引导的黑暗洞窟里。他在我前面喊了好几声，还在平直的坑道里跌倒了好几次，狂乱中他弄倒了好些快散架的梯子。此时我感到一阵恐惧，因为我清楚地听到了他喊叫的内容，我还保有足够的理性，可以判断出，自己丝毫也听不懂他在喊什么。罗梅洛平时说的蹩脚西班牙语和更蹩脚的英语都被一个刺耳但惊人的多音节词所取代——他反复呼喊，但我只能勉强听到“威齐洛波契特里”[①]这个词。后来，我从一位伟大的历史学家的著作中发现了这个词，被它的含义吓得颤抖不已。

那个可怕夜晚的高潮十分短暂，由许多片段混合而成，正好始于我到达最后一个洞窟的时候。前方的黑暗中传来了那个墨西哥人垂死的惨叫，我今生恐怕再也不会听到那样凄厉的声音。在那一瞬间，隐藏在大地深处的一切恐怖和怪异全部显现，仿佛要彻底压倒人类这个物种似的。与此同时，我的指环也熄灭了光辉，距离我仅有几码远的下方，有新的光芒浮现出来。我已经抵达了深渊，同时我也明白，那炽热的红色光芒已经彻底吞没不幸的罗梅洛。我眼前这任何一根绳索也探不到底的深渊，现在已经变成了火焰摇荡、喧声震天的魔窟。

①威齐洛波契特里：阿兹特克人心中至高无上的神明。

我走到深渊边缘，向里面看去：起初只能看到翻腾着的模糊光团，渐渐地，在无限遥远之处，一个东西开始从光晕中分离出来。于是我看到了——那是胡安·罗梅洛吗？——可是，神啊！他变成了怎样的容貌啊！我不知道该怎么描述……这时上天向我伸出了援手，我仿佛听到了两个宇宙互相撞击的声音。在轰然爆发的巨大声响中，我的所见所闻尽皆消失，只剩一片混沌。我在遗忘中得到了安宁。

此次遭遇实在太过异常，我不知道该怎么写下去，所以只能尽力而为，不再去费心区分暧昧不明的“真相”和“外在”。醒来的时候，我毫发无伤地躺在床上，看见了窗外的曙光。离我不远的桌子上放着胡安·罗梅洛的尸首，一群人围着他，其中有矿山的医生。人们说，这墨西哥人在熟睡的时候莫名其妙地死掉了，他们觉得这应该和震撼山峰的落雷有某种联系。他的死亡无法解释，即使验尸也找不出死因。据我听到的只言片语说，那天晚上，罗梅洛和我根本没有离开工棚，当风暴在仙人掌山脉一带肆虐的时候，我们都在睡觉。有一些胆大的人曾去矿井查看，他们回报说，风暴引起了大规模的塌陷，昨日引起莫大不安的无底深渊已被完全埋没。我问警卫在惊人的落雷之前听到了什么，可他只提到郊狼、狗和咆哮的山风——就这些。我没有怀疑他的话。

作业重新开始后，主管亚瑟找来一帮特别可靠的人，让他们调查深渊被埋没的地方，他们不情不愿地服从了，在那里挖了一个深坑。结果非常奇怪：在打开的时候，空洞的天顶看起来并不厚，可现在就算用钻头来钻，也只能钻出无尽的岩石。调查者什么也没有发现，金子就更不用提了，最后主管放弃了尝试，但当他坐在书桌前思考时，还是会偶尔露出困惑的神情。

还有一件不可思议的事情。在风暴过后的那个早晨，我醒来后不久，就发现那枚印度指环莫名其妙地不见了踪影。尽管我曾很珍重地保存它，可它的失踪却让我感到安心。如果是哪个矿工偷的，那他一定很巧妙地处理了这件赃物，因为就算我登广告、找警察，也都没有找到。我在印度经历了很多奇情怪事，所以我隐约觉得，这指环可能不是被人类偷走的。

我对上述全部体验的想法随着时间而变化。在一年到头的差不多所有日子，哪怕是白天，我都觉得其中的大部分都只是我做的梦，唯有在秋季的凌晨两点左右，当风和动物的低嚎响起，我听到从深得不可思议的地下传来的、不祥而有韵律的鼓动声时，心里才会想，胡安·罗梅洛的变化实在是极为恐怖。

# A Reminiscence of
# DR. Samuel Johnson

# 回忆萨缪尔·约翰逊博士

所谓回忆，尽管杂乱无章、冗长含糊、令人生厌，但通常说来，它确系垂暮之人享受的特权；实际上，既成历史中的隐晦朦胧之处、伟人鲜有提及的奇闻轶事，正借由“回忆”流传后世，不被忘怀。

虽然很多读者偶尔会注意，甚至也提及我的写作风格带有一丝古典的韵味，但以青年的身份孑立于现在这个年代，仍令我深感欢愉。在杜撰的履历中，我生于1890年的美国；不过，现在我决定卸下胸中块垒，倾吐一个曾因害怕惹来怀疑而不肯言说的秘密。在众多名人显贵活跃于世的年代，我与他们有着金兰之契；现在，我很乐意将自己在漫长岁月中积累起的真知卓识归结、传授下来，以飨读者。其实，我于1690年8月的第10日（或者按照格里高利新历法的算法，应为8月20日）生于德文郡，迄今已经228岁了。早年间我曾前往伦敦，那时的我还是黄口小儿，曾见过威廉君主治下的诸多名人，包括那令人扼腕的德莱顿先生——当时他就喜欢在威尔咖啡馆的桌子边消磨时光。后来，我又结识了爱迪生先生和斯威夫特博士，甚至和蒲柏先生私交甚笃——他在世之时，我就非常了解、敬重他。但是这次我准备暂且略过自己的年轻岁月，转而记录一位年代更近些的伙伴——已故的约翰逊博士。

我第一次听说博士的名字是在1738年的5月，虽然那时我与他还未曾谋面。当时，蒲柏先生刚刚结束他讽刺诗尾声部分的写作（即那篇以“近十二个月来，你就没在印刷品上露过两次面”为开头的作品），正欲付梓。就在同一天，一个名不见经传的约翰逊先生模仿尤维纳利斯的写作风格，发表了一首名为《伦敦》的讽刺小诗，在城里引起了热议。许多有品位的绅士宣称，作为诗人，约翰逊要比蒲柏先生更杰出。虽然有些居心不良者说蒲柏先生非常妒忌那位作者，但他却为新对手的小诗给出了极高的评价；通过理查森先生得知诗作作者的姓名后，蒲柏先生对我感慨道：“约翰逊先生很快就会名满天下。”

我与博士的正式会面是在1763年。那时，经由詹姆斯·博斯威尔先生——一个出身煊赫、博闻强识、带点小聪明、时常写些即兴小诗并托我修订的年轻的苏格兰人——引荐，我在法冠酒馆见到了博士。

我所见的约翰逊博士，是个衣着寒酸、邋遢的肥胖男人。我还记得，他当时戴着一顶浓密的短弧假发，既没有束起来，也没有扑粉，和他的脑袋比起来，尺寸也小得可怜。他的衣服是一种锈迹般的红褐色，皱皱巴巴，丢了不止一个纽扣。他的脸颊肥硕，怎么看也称不上英俊，还保留着某种淋巴系统恶疾留下的痕迹，总是以一种痉挛性的方式持续不断地摇着头。其实，我早就听说过他的病症，是蒲柏先生费尽周折打听出来，之后转述给我的。

当时我已经七十三岁了，比约翰逊博士（虽然我称他为博士，实际上直到两年之后他才真正获得了博士学位）足足大了十九岁。很自然地，我觉得他会因我齿长而对我表现出些许的尊重；其他人也承认，在面对他的时候会产生惧意，但我却处之泰然。当我问及他对于我在自己的期刊《伦敦人》上称赞他编纂字典一事的看法时，他说道："先生，我不记得曾经拜读过你的期刊，对顽愚粗鄙之人的浅见也无甚兴趣。"约翰逊博士的赫赫大名我早有耳闻，也非常热切地想要获得他的赞许；但他的出言不逊严重地伤害了我的自尊心，我试着反唇相讥，告诉他，我很惊讶一个通情达理的人会在未通读他人作品的前提下，如此武断地评判对方的思想。"为什么？先生，"约翰逊回应道，"我并不需要通过熟读一个人的作品后，才能判断这个人浅薄与否；毕竟他在向我发问的第一句话就急不可待地提到了自己的作品。”尽管在很多事情上意见相左，我们还是相识，并成为挚友。

有一次，为了赞同他的观点，我说我怀疑奥西恩的诗歌并非出自他本人之手。约翰逊先生却说：“先生，你这可算不上什么独创性的见解了；这件事城里人尽皆知，即便对于一个寒士街的评论家来说，也算不上什么大发现。你还不如说，你强烈怀疑是弥尔顿写了《失乐园》。”

自此以后，我和约翰逊经常会面，多半是在文学社的集会上。在我们相识一年之后，约翰逊和议会演说家博科先生、时尚的绅士波克拉克、虔诚的民兵队长兰登先生、著名画家J. 雷诺兹爵士、散文家同时也是诗歌作家的高德史密斯博士、博科先生的岳父纽金特博士、约翰·霍金斯爵士、安森尼·查米尔先生，还有我一同创办了文学社。通常，我们会一周相聚一次，在傍晚七点到索霍区杰拉德大街的绳结酒馆见面。如今，这座酒馆已经被出售了，改成了一所私人宅邸；在那之后，我们又将集会的场地迁到了萨克维尔大街的亲王酒馆，然后是多弗街的乐特里耶酒馆，接着是圣詹姆斯街上的帕斯罗酒馆以及撒切尔公馆。在聚会上，我们一直有礼有节地保持着和睦与安宁，这与我在今天的文学社团和业余报业协会中所目睹的纷争与龃龉简直大相径庭。正因为我们都是思想独立甚至持有相反观点的绅士，这份宁静更显得来之不易。约翰逊博士和我，以及其他很多会员，都是坚定的托利党人；博科先生则隶属辉格党，而且反对美国战争，他在这一议题上的许多演讲都已经被广泛地出版和发表了。其中，最不合群的会员要数创始人之一的约翰·霍金斯爵士，他明目张胆地写过不少歪曲社团的风闻。约翰也称得上是个怪人，有一次，他拒绝支付晚餐餐费，只因他在家通常不吃晚饭。随后，他还以令人无法忍受的恶行侮辱了博科先生。当然，我们也以力所能及的方式表示了对他行为的反对。从这件事以后，他就不再参加我们的聚会了。然而，他却从未和博士在公开场合下红过脸，还委托博士做了自己的遗嘱执行人；不过，博斯威尔先生和其他人还是有理由怀疑委托的真实性。后来，文学社又吸收了不少新晋成员，包括约翰逊博士早年的朋友演员大卫·盖瑞克、托·沃顿与约瑟·沃顿、亚当·史密斯博士、《拾遗》的作者帕西博士、历史学家爱德华·吉本先生、音乐家伯尼博士、评论家马龙以及博斯威尔先生。盖瑞克先生入会的过程称得上坎坷，只因博士向来对舞台艺术和一切与舞台相关的事物怀揣厌恶之感，虽与盖瑞克先生怀有深厚的友谊，仍难以释怀。其实，约翰逊有一个热衷于唱反调的怪癖，当所有人反对大卫的时候，他必出言维护，反之亦然。但我笃信，他真诚地爱着盖瑞克先生这个挚友，因为他从未像影射福特那样阴阳怪气地嘲弄盖瑞克先生。福特虽然具备喜剧天赋，但为人粗鄙不堪。吉本先生也不是个讨喜的人，脸上总是挂着一副令人作呕的轻蔑神情，虽然他在历史学上的造诣颇深，但他那副神情总会让我们产生一种被冒犯之感。高德史密斯先生对自己的装束有一种执念，但讷于言语，是个不起眼的小个子，但备受我的推崇；因为我也不是那种舌灿莲花、能说会道之人。他非常嫉妒约翰逊博士，不过对对方的喜爱和崇敬却没有丝毫动摇。我记得有一次，有一个外国人，我猜可能是德国人，加入了我们的聚会。正当高德史密斯讲话的当口，他发现博士要准备说些什么。两下相较之后，外国人下意识地将高德史密斯当成人微言轻之辈，武断地打断了他，并且喊叫道，“安静，约翰逊博士要发言了！”高德史密斯对此一直耿耿于怀。

在这个群星璀璨的集会中，大家都对我展示出相当程度的容忍。我知道，这主要得益于我的年纪，而非智慧或学识。因为在这两点上，我很难和其他会员相提并论。然而，我与著名的伏尔泰先生的友谊却一直让博士感到恼火。他是个非常传统的人，而且将那位法国哲学家评价为“有敏锐的头脑，却拿着一支枯笔”。

博斯威尔先生，我那位喜欢戏谑调笑的旧相识，总是取笑我笨拙的礼仪、过时的假发和衣饰。有一次，他灌饱了黄汤（他一直有很大的酒瘾），尝试着在桌子面上写一首即兴小诗来奚落我。然而，因为缺少了平时写作时环伺身旁的助手，他犯了个语法错误。我还苦口婆心地劝说他，不应该拿自己诗歌灵感的源泉开涮。还有一次，博兹（姑且让我们这么称呼他吧）向我抱怨说，我为《每月文评》准备的文章对于刚入行的作家来说稍显苛刻，还说我把所有抱负远大的年轻人全都从帕尔纳索斯的山坡上推了下去。我回应道：“先生，你搞错了吧。这些半途而废之徒并非借此提升自己的实力，而是想把自身的弱点隐藏起来，并将失败的原因归结到第一个批评他们的评论家身上。”在这件事上，约翰逊博士站在了我这一边，让我深感欣慰。

对于修改他人的作品的痛苦，无人比约翰逊博士体会更深。实际上，据说可怜的盲妇——威廉斯夫人的书里只有两行不是出自博士的手笔，由此可见一斑。有一次，约翰逊为我背诵了利兹公爵的一个仆人创作的几行诗——那首诗逗坏了他，让他印象极其深刻。诗里描写的是公爵的婚礼，由于它与最近的一些自称诗人的蠢材所创作的作品在质量上是如此相似，我忍不住将全文附上：

“利兹公爵娶新妇，
新妇善良又美丽。
绅士不禁笑开颜，
结成一对贤伉俪。”

我问博士，他有没有试过将这文字弄得更像样一些，他说没试过，于是我自娱自乐地修改了它：

“君子利兹迎红妆，
贞洁端雅继世长。
新妇意满心羞漾，
娶回长乐侍玉郎。”

我志得意满地向博士展示了修改之后的诗作，他说：“先生，你倒是修正了韵脚的问题，但这几行字鲜有诗意，抑或是文思可言。”

能够讲述更多我所知道的那些发生在约翰逊博士身上——以及他的文豪小圈子里——的轶事，总让我心满意足；不过我是个老人了，太容易疲惫。当我努力试图回忆过去的时候，我似乎总是在缺乏逻辑地、断断续续地东拉西扯；而且，恐怕我所津津乐道的话题，早就成了老生常谈。如果读者们喜欢这些回忆，我可能会再谈论一些过往年代里发生过的逸闻趣事。我记得许多与萨缪尔·约翰逊以及他的俱乐部相关的事情。即便博士死后，我也一直待在俱乐部里。我也确实诚挚地哀悼着他。我还记得将军约翰·伯戈因先生曾因为三票反对没有加入俱乐部；他的许多戏剧与诗歌作品在死后才得到发表，这可能是因为在美国独立战争期间他在萨拉托加吃了败仗的缘故。可怜的老约翰！他的儿子就好多了，我记得他好像被封为了准男爵。但我已经非常疲倦了。我很老了，非常老了。是时候去打个午后小盹了。

# The Statement of Randolph Carter

# 伦道夫·卡特的供述

先生们，我再重申一次，你们的审讯毫无意义。如果你们愿意，可以将我一直拘留在此处；如果你们需要一个牺牲品抚慰你们称之为正义的幻象，可以禁闭我或者处决我。但是，除了已经说过的，我无话可说。我记得的所有事情都已坦白，不曾歪曲，不曾隐瞒，假使有什么内容含糊不清，那是因为我的脑海被乌云所笼罩——恐怖事件在我身上投下阴影，它们的轮廓模糊难辨。

我再重申一次，我不知晓哈利·沃伦究竟遭遇了什么；但我想，或者说我愿他已获得安息，倘若彼处存在这样的恩赐。五年来，我的确与他亲密无间，同时也参与了他对未知展开的可怕研究。我对此并不否认，但我的记忆不太确定，模糊不清。正如你们的见证者所言，那个可怕夜晚的十一点半，他也许曾见到我们在一起，从盖恩斯维尔山向着大柏树沼泽进发。我们带着电灯、铲子，还有一卷连着奇特附件的电线，我对此极其肯定，因为这些东西在那一幕令人战栗的场景当中至关重要，至今还深深烙印在我记忆里。然而，我并不清楚之后发生了什么，以及第二天清晨，我为何会孤单而茫然地在沼泽边缘被人发现。我只能一遍又一遍告诉你们我之前说过的那些事。你们说在沼泽之中或者沼泽附近，并无可能发生这种事情。可我只能告诉你们，除了所见之外，我一无所知。那也许是幻觉或者噩梦，我热切地渴望那只是幻觉或者噩梦。我们离开人们视线以后，在骇人听闻的几个小时内所经历的一切，在我脑海中只残留下这些。而哈利·沃伦为何不曾回来，只有他或他的鬼魂，以及某种我无法名状的怪物能够说明缘由。

正如我之前所言，我对哈利·沃伦的怪异研究极为了解，甚至也参与其中。他收集了大量关于禁忌主题的古怪珍本，我读过其中一部分，它们用我熟悉的语言写就，但是和我看不懂的书相比，显然为数甚少。我看不懂的书里有很大一部分可能使用了阿拉伯语；而那本导致了眼下结局的恶魔之书，那本他随身携带，与他一同离开了这个世界的书，是以我从未见过的文字撰写的。沃伦不曾和我谈及那本书的内容。我必须再次承认，自己并不能完全理解我们所做研究的性质。但这似乎反倒是一种幸运，那些研究太过可怕，我之所以参与其中，并非出于真心爱好，而是不情愿地受到某些引诱。沃伦总是操纵着我，我有时会对他感到恐惧。我还记得，在恐怖事件发生的前一个夜晚，他喋喋不休地谈论自己的理论——为什么有些尸体永不腐朽，千年以来仍能在墓穴中保持原貌。当时，他脸上浮现出的表情令我不寒而栗。但现在我已经不害怕他了，我想，他知晓的恐怖超越了我所能理解的范围。现在，我为他感到担心。

冉次重申，我对那一晚的目标并不清楚。当然，沃伦随身携带的书必然逃不开干系。一个月前，他从印度获得了那本古籍，上面的文字无人能辨。但是我发誓，我对我们搜寻的东西一无所知。你们的证人说，十一点半的时候，看见我们从盖恩斯维尔山向着大柏树沼泽进发。这可能是事实，但我对此没有清晰的记忆。烙进我灵魂深处的只有一个场景，它应当发生在子夜之后，一弯残月高悬在氤氲的天幕之上。

那里有一片古老的墓地，远古岁月留下的各种痕迹令我战战兢兢。墓地所在是一处深邃且湿润的山谷，成排的野草疯长，苔藓和怪异的杂草四处爬行，空气中弥漫着轻微的臭气，我不禁胡思乱想，荒唐地以为这是石头腐烂的气味。我们身边满是荒芜衰败的痕迹，有个念头缠住我——沃伦和我或许是几个世纪以来，头两个侵入这片致命寂静的活物。在这无人问津的地方，墓穴散发出腥臭雾气，山谷边缘挂着一轮残月，透过雾气窥视着。在微弱、摇曳的月光下，我辨别出一排排令人生厌的古老石板、瓮盅、碑塔、陵墓。这一切都摇摇欲坠、长满苔藓、湿气沾染、色泽褪尽，部分被繁茂的病态植物所遮蔽。进入墓地后，我记忆中第一个清晰深刻的印象是，沃伦和我在某个坍塌的坟墓前停住，放下了我们背负的重物。我带着一盏电提灯和两把铲子，沃伦也带了一盏电提灯，还有一个便携通信设备。我们似乎对自己的来意心照不宣、无须交流，毫不迟疑地抓起铲子开始清理杂草，并且掘开那座低矮古坟上的泥土。我们掀开了古墓的沉重外层，它由三块巨大的花岗岩石板组成。接下来，我们向后方倒退几步，以便对这阴森场景进行勘察。沃伦似乎在心里做了一些计算，然后再次回到坟墓旁，用铲子作为杠杆，试图撬开距离石质废墟最近的一块石板，那片废墟或许曾是一座纪念碑。不过他未能成功，于是打手势向我寻求协助。我们最终合力使得石板松动，并将它抬起，扔到一旁。

石板移走后，地面上出现了一个黑色洞穴，从中喷射出令人作呕的沼气，我们不禁惊恐地退开。过了一会儿，我们再次走到洞穴面前，它散发出的气体不那么令人难以忍受了。电提灯照亮了一段石阶的顶端，石阶上满是从泥土中滴落的恶心浆液，石阶四周是生出硝石的潮湿墙壁。此时，我的记忆里第一次出现了声音，是沃伦在用他柔和的男高音叮咛我——在阴森环境之中，他的声音显得格外镇定。

“很抱歉，我必须要求你留在地面上，”他说，“让像你这样神经紧张的人下去那里，太过残忍了。即便你之前读过几本书，我也告诉了你一些，但你仍然无法想象我将看到的东西，更无法设想我将要做什么。这是一项邪恶的任务，卡特，如果不是具备钢铁般意志的人，无法在看到一切之后，清醒地活着回来。我不愿冒犯你，而且天知道我多么高兴有你在我身旁，但是，从某种意义上说，这份责任属于我，我无法带着一个像你一样神经极度紧张的人下到地底，去面对死亡或者疯狂。我告诉你，你无法想象那是什么样的东西。我向你保证，我会通过电话告诉你每一步的行动。你看，电话线很长，足够我走到地心然后折返。”

我仍然记得那些冷酷的话语，也记得我提出的抗议。我恳切地请求和我的朋友一同进入墓穴深处，但他固执己见，不肯动摇。他甚至威胁说，如果我坚持与他同行，他将放弃这次探险。他的威胁十分有效，因为只有他掌握了这次探险的关键。我还记得这些，却不记得我们到底在搜寻什么。我不情愿地保证自己不会干扰他的计划，于是沃伦捡起那卷线，并对仪器进行调整。沃伦点头同意后，我拿走其中一个话筒，在新挖开的洞穴旁边，找到一块老旧褪色的墓碑坐下。沃伦和我握了握手，扛起那卷线，消失在那个不可名状的埋骨之地中。一开始，我还能见到他手中提灯散发出的光亮，听见电线在他身后拖曳时沙沙作响，不一会儿，光亮突然消失，石阶上似乎有一个拐角，以至于声音也迅速消失。我孤单地被那些仿佛具有魔法的电线绑在未知深渊上，空中的残月挣扎着洒下光辉，落在电线的绿色绝缘表层。在这寂静无声、苍凉荒芜的死者之城中，最为骇人的妄想和幻觉占据了我的脑海，怪诞的祭坛和巨石似乎呈现出可怕的人格——它们仿佛有了意识。形状不定的阴影，似乎潜伏在洼地杂草丛生的幽深暗处，或者组成亵渎神灵的祭祀队列掠过山坡上腐朽坟墓的入口。这些阴影不可能是那轮偷偷窥探的苍白残月所塑造的。我时不时地借助电提灯的光亮查看手表，焦躁不安地从电话中接听信息，但是有足足一刻钟的时间我什么也听不到。接着，从仪器中传出微弱的咔咔声，我不由得紧张地呼叫我的朋友。我忧心忡忡，却没有做好准备接听那些从神秘墓穴中传来的话语。我从未听到哈利·沃伦发出如此惊慌颤抖的声音。他之前那么平静，现在却以一种比高声尖叫更为恐惧的虚弱耳语和我说道：

“天哪！如果你能看见我所看到的东西！”

我无法回答，说不出话，只能静静等待。然后，他再次传出了激动的声音。

“卡特，这太可怕了——简直令人难以置信！”

这一次，我不再沉默，激动地对着话筒倒出一大堆问题。我吓坏了，不断重复着：

“沃伦，那是什么？那是什么？”

话筒里再次传来友人的声音，嘶哑，饱含恐惧，充满绝望。

“我不能告诉你，卡特。它超出想象——我不敢告诉你——没有人在知道它之后还能活着——上帝啊！我做梦都想不到！”电线彼端再次安静下来，只剩下我颤抖的、语无伦次的询问。紧接着，沃伦的声音以一种更为疯狂的音调响起。

“卡特，看在上帝的分上，把石板放回去！快走！快！抛掉一切逃到外面去！这是你唯一的机会！照我说的做，别让我解释！”

我听到了他的话，却只能疯狂地不停重复提问。坟墓、黑暗、阴影包围着我，在我脚下，藏着超越人类想象力的危险。可我的友人正处于更大的危险之中。除了恐慌之外，我还隐隐怀有不满——他竟然断定我会在这种情况下抛弃他。线路彼端传来更多的咔咔声。短暂的停顿后，我听到沃伦的可怜的尖叫声。

“快走！看在上帝的分上，把石板放回去！快走！卡特！”

我那明显受挫的同伴说了几句孩子气的俚语，其中某些东西激发了我。我迅速做出决定，高声喊道：“沃伦，振作一点！我马上下去！”然而这令沃伦的语调变成了彻底绝望的尖叫：

“不要！你不明白！太晚了——都是我的错。把石板放回去！快跑——你现在什么也做不了，谁都无能为力！”他的语气又变了，这一次变得更为柔和，仿佛无可救药地听天由命，却仍旧流露出对我的焦虑。

“快——趁现在还不迟！”我试图不理会他，努力挣脱束缚行动的麻痹感，履行我的誓言，赶紧冲下去帮他。可当他的低语再次传来，我仍然动作迟缓，被极度的惊恐紧紧锁住。

“卡特——快！没用的——你必须走——一个总比两个好——那块石板——”停了一会儿后，线路彼端涌出更多咔咔声，然后是沃伦微弱的声音：

“快结束了——别再找麻烦了——盖住这些该死的阶梯逃命去吧——你在浪费时间——再见——卡特——我再也见不到你了。”此时，沃伦的低语变成了喊叫，喊叫逐渐上升成为尖叫，爆发出这些年所积攒的全部恐惧——

“这该死的恶心东西——太多了——上帝啊！滚开！滚开！滚开！”

之后，一片死寂。我不知道自己呆坐了多久，时间仿佛永无止境。我对着话筒低声说话，嘟囔着、呼喊着、尖叫着。我一遍又一遍地低声说话，喃喃自语、惊呼尖叫：“沃伦！沃伦——回答我——你在吗？”

然后，我遭遇了此生以来最大的恐怖——那个令人难以置信、不可思议、几乎不可提及的东西。

我说过，当沃伦尖叫发出最后的绝望警告后，我呆坐了几个世纪，直到我的哭喊声打破了死寂。过了一会儿，话筒里响了一声，我紧张地竖起耳朵听着。

我又喊了一声：“沃伦，是你吗？”线路彼端传来的回复，让阴云覆盖我的脑海。先生，我无法解释那个东西——那个声音，我也不敢详细描述它，它的第一句话便带走了我的意识，令我从医院醒来时精神一片空白。我该说那声音深沉、黏稠、遥远、神秘，还是不似人类、空洞虚无？我该怎么说？这是我亲身参与的一切，这是我故事的结局。我听到了那个声音，我知道了更多的事情。当我茫然站在洼地的无名墓地中，坍塌的石块、倾覆的坟墓、成排的植物、迷蒙的雾气环绕四周，我听到了它的声音。当我看着形状不定的、死气沉沉的阴影在被诅咒的残月之下翩翩起舞，我听到了它的声音——从门户大开的该死的墓穴深处传来，它说：

“蠢货，沃伦已经死了！”

# The Man of Stone

# 石之人

与海泽尔·希尔德合著

本·海登一向是个固执的家伙，当他初次听说那些坐落在阿狄伦达克斯山上的怪奇石像后，便再没有什么可以阻止他前去一探究竟。这些年我一直是他的密友，如同达蒙和皮西厄斯[①]一般亲密的友谊让我们形影不离。所以当本执意前往，我也只能跟从，像是一只忠诚的牧羊犬。

“杰克，”他说，“你知道亨利·杰克森吗？就是那个住在静湖边的棚寮，与可恶的肺痨抗争的那个人。这不，前几天他近乎痊愈地回来了，同时还带来了好多关于那山上邪恶诡谲的传言。他遭遇的这些纯属意料之外，所以也不确定这一切到底只是些怪异的雕像，还是其他什么。但他神情不属的样子一直在我脑海里萦绕不去。

“听说是有一天他外出打猎，正好路过一处有一只狗守卫的洞穴。原本以为那狗会向他狂吠，后来才看清

①据说达蒙和皮西厄斯都是哲学家毕达哥拉斯的追随者，是最好的朋友。

这东西根本就不是活物，是只石像狗，却又是那么逼真，连最细微的胡须都可以以假乱真，以至于他都无法判断这是一个鬼斧神工般的雕像还是一只石化了的动物。他几乎不敢去摸，但当他真正去做了才意识到它真是用石头做的。

“过了一会儿他小心翼翼地进了那洞穴，却受到了更大的惊吓。进入洞穴才一小段路便又见到另一尊石像，或者说这东西看着就像个石像，只不过这次是个男人的样子。它躺在地上，侧着身，穿着衣服，脸上一副异样的笑容。这下子亨利没有停下脚步尝试触摸它，而是一口气直直地跑回了村子，你懂的，从山顶径直跑下来。毫无疑问，他之后去询问了，但村民没有让他的调查有所进展。他发现这似乎是个敏感话题，因为所有的本地人一旦听到，就径直摇头，做些让他好运的手势，同时嘴里嘀咕着一些有关‘丹疯子’的话语——谁知道那是谁。

“然而这些对于杰克森来说就够了，所以他提前回来了。他知道我是多么着迷于这些怪谈，所以他将这一切都告诉了我，而且神奇的是，我竟将他所说的这些轶事理出个头绪出来，将他们组成一个完整故事。那你还记得亚瑟·维勒吗？一个现实主义雕塑家，人们都称呼他‘固体摄影师’的那个。我觉得你多多少少都会知道一点儿他。实际上，他曾经也去过阿狄伦达克斯山。在那里逗留了很久，最后竟消失不见，杳无音信了。现在来看，如果那些酷似人像和狗的雕像伫立在那里，无论那些乡野之人如何看待它们或是拒绝谈论它们，在我看来，它们极有可能是他的作品。当然，任何一个有着杰克森那样小的胆子的人看到它们都会轻易地被吓跑，但如果是我，在离开之前定是要仔细勘察一番的。

“其实，杰克，我现在就打算前去探究，你也要同我一道。找到维勒意义深重，找到他的作品也是。再怎么说，山上的清气也会拥抱我们的。”

所以不到一周之后，在经历了长途火车和崎岖公路巴士的颠簸，伴随着细腻美丽到令人窒息的沿途美景，我们终于在姗姗来迟的六月金色夕阳中到达了山顶镇。村镇里只有几座小屋、一个旅馆和我们乘坐的巴士停站的杂货店。我们知道杂货店将会是我们收集信息的焦点。果不其然，杂货店的台阶旁聚集着的一伙闲人，在听到我们声称自己是来养病的并且希望寻找一处休憩的住所之后，七嘴八舌地向我们提供了许多意见。

即使我们在明天之前无心再做任何调查，本还是注意到一位衣着褴褛的老头，在削着木棍的同时口中还低声嘀咕着什么。于是他向老汉提出了一些含糊而谨慎的问题。本从杰克森的前车之鉴中学到，直接询问那些怪异雕像只会四处碰壁，所以他决定用维勒来打开话题，声称维勒是我们的好友，故而关心他的下落是再自然不过的事。

当那个老头——山姆——停下他的动作开始说话时，人群不安了起来。老头仅仅是提到维勒的名字，这些长于此的赤足山民就有些躁动，本花了些工夫才理解老汉说的话。

“维勒？”他终于艰难地用嘶哑的声线说道。“哦哦，是的，那个小伙子整天在那山上搬石头，再整成雕像。所以小伙子们都识得他呀。嗨呀，我也没什么可告诉你们的，就这些了。他一开始住在山上的丹疯子家里，但没过多久就被赶了出来，据说是丹干的。那小伙子轻声细语的，人也友善，丹的老婆便多关心了他些，直到那个邪恶的老头子发现了。要我看，这两人估计是亲密得很。但是丹突然就做了主，让那小伙子消失了，音信全无的，连个头发丝儿都找不到了！丹肯定说了些狠话，嘿，丹那老头，就那个暴脾气！小伙子，最好离他远点，那山上没什么好的。那丹老头的脾气越来越差，甚至都不怎么能见到他了，他老婆也是，见不到了。我想，他指不定把她关起来，免得其他人眼热他老婆！”

说完，山姆看了人群几眼，又重新干起活来，本和我看了看彼此。无疑，这场谈话提供了几条线索可以挖掘。决定住在村里的旅馆之后，我们尽可能快地安顿下来，并计划着明天探索周围的深山野林。

太阳初升是我们探险的开始，各自背了一个装满了口粮和我们认为会用上的工具。这一天的空气里都弥漫着振奋的气息，就像是在邀请我们去探险，但冥冥中仍有一股暗流在涌动。山间陡峭蜿蜒的小路很快让我们的双脚疼痛不已。

走了差不多两英里，越过一道在我们右手边的巨大榆树旁的石墙后，我们依照着杰克森事先计划好的路线，向斜前方的斜坡进发。这是条艰难又充满荆棘的路，但我们知道那洞穴就在前方不远处。最终我们面前略有突兀地出现了一道间隙，一个洞口赫然出现，一道黑色的、灌木遮掩的裂口出现在山壁上方，而在裂口靠近一个浅浅石滩的一侧，静立着一个小小的、栩栩如生的石像，完全就像是被石化了的生物一样。

那是只灰狗，或者说狗的雕像，在不约而同的惊呼后，我们平复下来，简直无法思考。杰克森并没有夸大其词，而我们也不能相信这世上会有任何一个雕刻家可以完成如此巧夺天工的作品。这动物华丽厚重的毛皮大衣上的每一根毛发都丝丝分明，甚至背毛都生动地立了起来，就像是正被某种不知名的生物袭击。本小心翼翼地触碰了这精致的石雕毛发后更是赞不绝口。

“万能的上帝啊，杰克，这绝对不是什么普通的雕像。看看它，所有这些小小的细节，还有毛发的纹理走向！没有显示出一丝维勒的雕琢手法！这就是一只真正的狗，怕是只有天知道它是怎么变成雕像的。摸上去就是石头的触感，你快来自己摸摸。难不成这山洞里还会不时冒出些怪气将这些动物变成这样？我们应该再深入了解这里的民间传说。如果这狗是——或者曾经是——只真狗，那里面的人必然也是个真人。”

带着孤狼般的执着无畏，我们终于手脚并用地爬进洞口，当然，本在我前面。洞口狭窄到不足三英尺，其后遍布四通八达的潮湿晦暗的通道，通道中散布着碎石瓦砾。黑暗让我们一开始几乎什么都看不见，但当我们站起来看向更黑的洞穴深处，缓慢适应黑暗的眼睛让我们隐约看到了一个物体。本打开了手电筒，犹豫了一下才向那躺卧的物体照去。我们几乎可以肯定这石物曾是一个男人，这脑海中灵光一闪的念头让我们几近失去一探究竟的勇气。

当本把手电筒的光照过去后，我们看到一个物体侧躺着，背对我们。这东西明显跟外面的狗石像是同种质地，却还穿着一身粗糙褴褛的运动服装。深吸一口气平复震惊的心情后，我们镇静地仔细观察这个东西。本绕到另一边，想去看看这人像的脸。但再多的心理准备也无法让本平静地面对光下的石像的脸。他失声惊叫，而我在跳到本那边，看到他所见的之后竟也下意识一叫。我们所见的没有任何一个地方与恐怖滑稽相关，仅仅是对这脸的熟识认知：这谜团的最后一片阴云终于散开，眼前这个面带半分惊恐半分苦涩表情的石像正是我们的老熟人：亚瑟·维勒。

些许本能驱使我们慌张地爬出洞穴，踉踉跄跄地走下荒草遍布的斜坡，直到我们看不见那不祥的石狗。我们脑中充斥着各种猜测与忧虑，一时满头乱麻，不知所措。本与维勒的交情更好一些，此时他极其沮丧。而我则试图将我忽视的一些线索串联起来。

我们在这绿色的山坡上来回踱步，本喋喋不休地叨念着“可怜的亚瑟啊，我可怜的亚瑟啊”！但直到他突然无心提起“丹疯子”时，我才回忆起那老头山姆·珀尔向我们诉说的一番旧怨，正是这个导致了维勒的失踪。丹疯子——本坚称——无疑将会对发生在维勒身上的事幸灾乐祸。而正在这时，我们两个灵光一闪。那善妒的主人会不会正是导致这雕像家葬身邪恶洞穴的罪魁祸首呢？但这念头溜走得就像它来时一样快。

最令我们不解的是这石化现象本身。有什么放射性气体或矿物蒸汽可以在如此短的时间内让活物转化成石像，这完全超出我们的认知范围。众所周知，普通的石化现象是一种需要以千万年计的长时间的化学反应，然而现在这两尊石像仅仅数周之前都还是活物，起码维勒肯定是。事已至此，猜测已经毫无用处了，我们唯一能做的就是打道回府，将我们所发现的通报当局，让他们去调查这一切的缘由。而在返程中，本一直在思考丹疯子在整件事中扮演了什么样的角色。我们转回到山中大道上，却没有下山回到村镇中去，反而向山姆老头指示的丹的小屋的方向走去。“那是距离村镇的第二所房子，”在路旁休息无所事事的老者幽幽地说道，“就坐落在山路尽头左手边的山林深处，一片黝黑枯矮的橡树林中。”在我意识到本想做什么之前，他已经拽着我踏上了石头铺成的道路，穿过一个破旧的农场，英勇无畏地向荒野中前进。

我没有反对的念头，但我确实在熟悉的人类文明的迹象逐渐消失的过程中感受到一股来自深山的寒意。最终，一条狭隘荒芜的小道的入口在我们左手边出现，茂密的枯树拥挤在小路两旁，越过这些枯树，隐约可见一个朴素简陋的石头尖顶。我知道，这个一定就是丹疯子的小屋，我同时也在好奇为什么维勒会选择这样一个简陋的地方作为他的栖身之所。我害怕走到那条杂乱的，充斥着拒绝不速之客气氛的道路上，但是当本大步走过去，用力叩响那扇摇摇晃晃、闻起来有霉味的大门时，我也不能落后。

叩门后毫无回应，却激发了一种不祥的寒意回荡在我们的四周。但是本的脸上毫无惧色，镇定自如，在发现不能从门进入房子后，立刻绕着房子搜寻起没有上锁的窗户。当他试到第三扇窗户——一扇镶嵌在这个阴森小屋背后的窗户时，他证明了他的方法是可行的，他大力推开那扇窗户并翻身钻了进去后，回身把我也带了进去。

我们落地的房间里充满了石灰石、花岗岩块、凿子工具和黏土模型，我们立刻意识到这是维勒以前的工作室。到目前为止，我们还没有遇到过任何有生命迹象的事物，但是房子里的一切都笼罩着一层可怕的凶煞气息。在我们的左边是一扇敞开的门，通向连接着烟囱的厨房。本从这里开始，试图找到一切可能关于他朋友最后一处栖息地的线索。当他跨过门槛时，由于他远远地走在我前面，以至于我起初看不到是什么让他瞬间僵立并最终泄露出一声恐怖的低吼。

下一刻，我也看到了——正如之前在洞穴里一样，我下意识地惊叫了一声。因为在这个小屋，一个明明远离那地下洞穴的一切，远离那些洞中怪气和古怪畸形的变异的小屋里，又有两尊绝不是出自维勒之手的雕像。在壁炉旁的简陋扶手椅上的是一个被皮鞭绑束着的男人石像，蓬头垢面，年事已高，邪恶的石化脸上露出一副恐惧的表情。

旁边的地板上躺着一个女人的石像：优雅、青春，美丽的脸庞楚楚动人。但石像的表情却依稀是一种满是讥讽的满足面容。靠近这个女人像的右手边是一个大锡桶，里面斑驳散布着些许污迹，像是些灰黑色的沉积物。

我们没有采取任何行动去接近那些莫名其妙的石化尸体，也没有交换彼此脑海中最简单的猜测。这对男女石像无疑就是丹疯子和他的妻子，但如何解释他们落得现在的状况是另一回事。当我们惊恐地看着周围时，我们意识到这一切必定来得猝不及防：因为这房子里的器物都留在家务事中应该在的位置，除了它们上面厚厚的一层灰。

唯一没有遵循着这种家务规律的是厨房的桌子：桌子的中心位置相当干净，就像是在特意吸引我们的注意力一样。而在这块唯一干净的桌面上有一个硕大的锡漏斗，漏斗下面是一个又薄又破的、有着空白封皮的本子。在粗粗浏览过这个本子后，本发现这是一本日记或一组按日期排列的备忘录，而写它的人似乎没有受过很严格的教育，因为那些字句潦草凌乱。但仅仅是开头的几个字词就抓住了我的注意力，而本也在十秒之内，就被那本子上的字词吞噬了，目不转睛地盯着它们。我也越过他的肩膀，和他一起阅读。在我们读得入迷到无法自拔的同时，我们不知不觉地进入与厨房相邻的那个氛围没有那么惊悚的房间。而之前许多令我们万分疑惑的事情在阅读的过程中变得逐渐清晰，但正因为这份深入的了解，我们也在复杂的情绪中战栗不已。

随后我会附上我们阅读的内容以及稍后验尸官阅读到的内容；公众在廉价小报上看到了一个高度扭曲和耸人听闻的版本。但那只不过是真正的恐怖的一小部分，甚至不及我们在这荒山中的霉味小屋里，与在隔壁房间中潜伏着的两个灵异石像为伴的同时，于死亡般的沉默中挣扎困惑着拼凑出的真相的毫厘。当我们终于读完这本日记后，本将它塞进口袋，比了一个拒绝交流的手势，说出了我们之间的第一句话：“我们走。”

我们在紧张的气氛中沉默地走到房子的前面，打开门，回到了村庄。在接下来的日子里，我和本做了很多的笔录，回答了很多的审问。即使后来当地的警局和闻风而至的媒体人员前去现场勘察与访问，甚至烧掉了在那个破败小屋的阁楼中发现的所有文献资料，毁掉了那深山洞穴最深处的所有设备器械，我都不认为本和我中的任何一个人能摆脱这场悲惨经历对我们的影响。以下便是那本日记上的文本记录：

“11 月 5 日——我的名字是丹尼尔·莫里斯。在这里他们称我为‘丹疯子’，因为我信奉着如今已无人信仰的力量。当我独自登上雷霆山准备祭狐时，除了那些害怕我的乡下人以外，所有人都认为我疯了。那些村民也曾试图阻止我在万圣节前夕用黑山羊祭祀，而且他们总是打扰我为打开那扇大门所做的伟大仪式。他们早该知道得更清楚些，我的母族可是范考伦家族，而在哈德逊河这边又有谁人不知道范考伦家族的传说？我们的先祖是那个 1587 年在维特嘉德被绞死的巫师尼古拉斯·范考伦，而每个人都知道他曾与黑暗灵者定下了契约。

士兵们从未找到过他的《伊波恩之书》。当他们焚烧他的房子时，他的孙子威廉·范考伦早已将其带到了伦斯勒尔维克，后来才渡了河，定居在埃索普斯。随便向金斯顿或赫尔利的任何人去询问吧，问问他们威廉·范考伦可以对那些阻碍他的人做些什么，每个人都知道那绝不会是什么好下场。另外，再问问他们，当那些民众将我的亨德里克叔叔一家赶出来而他们不得顺流而上定居于此的时候，他到底有没有设法保留《伊波恩之书》。

我正在写这本日记，而我也将会一直写它，因为人们在我离开人世后有权知道真相。另外，如果我不用白底黑字将这些公之于众，我怕我迟早会发疯。一切都在和我对着干，如果接下来还是事事不如我意，我将不得不使用那书中的秘密，召唤某些神秘力量。三个月前，雕塑家亚瑟·维勒来到山顶镇，他们把他送到我这里来，因为我是这个地方唯一一个除了农耕、狩猎和给游客下套以外还懂些其他什么的人。要我说的话，这伙计估计是对什么极感兴趣，决定以每周13美元的房价加饭钱暂居我家。我把厨房隔壁的杂物间给了他，让他的石块和凿子有地方可去。同时我安排纳特·威廉姆斯拖曳着牛和他一起去山上爆破采集他需要的石头，用牛车来运输他的大石块。

那是三个月前。现在我总算知道为什么那个狗娘养的这么快就喜欢我这个破地方。完全不是我胡思乱想，看看我妻子露丝——奥斯本·钱德勒的长女——的那副样子。她比我小十六岁，平时就总是与镇上的男人眉来眼去黏黏糊糊的。虽然从前她不愿帮助我办五朔节和万圣节的祭礼，但我们总有方法可以一起过下去，直到这只脏老鼠的到来。现在我可算是知道了，维勒很照顾她的感受，让她如此地喜欢他以至于她瞧都不瞧我一眼。我想早晚有一天维勒会试着跟她一起私奔。

他像所有狡猾谨慎的畜犬一样缓慢地狩猎，极有耐心，所以这让我有足够的时间来思考如何应对。他们中的任何一个都不知道我起了疑心，但不久之后他们就都会意识到插足范考伦家的婚姻绝对会付出代价。我发誓前所未有的事情将会在他们身上发生。”

“11月25日——感恩节！哈，简直好笑！当我完成我已经开始计划的事情时，我会好好感谢先祖神明一番的。毫无疑问，维勒正在试图偷走我的妻子。不过暂时我还得继续热情好客地对他。上周，我把《伊波恩之书》从亨德里克叔叔的旧箱子里拿了出来。我需要寻找一些不会让我陷入麻烦的方法去惩戒这两个偷偷摸摸的叛徒，比如不需要动刀出血的祭品，不会在家里被发现的道具，等等；而且如果它能有戏剧性的转折就更好了。我曾想过召唤‘约斯之息’，但那需要一个孩子的血，那导致我必须要小心邻居。‘腐绿衰变’看起来很有希望，但这会让我和他们都会有点不愉快，尤其是我不喜欢某些景象和气味。”

“12月10日——找到了！我终于找到了！复仇的滋味甜蜜无比，这将会是完美的高潮！维勒——雕塑家，这组合太好了！是的，没错，这该死的小偷会生成一个比过去几周他雕刻的任何成品都要好卖的雕像！现实主义者，哈哈哈，这样一座新的雕像缺什么都不会缺乏现实主义！我在书中第677页上插入的手稿中发现了这个公式。从笔迹判断它是由我的曾祖父巴雷约特·皮柯特尔斯·范考伦（就是那个1839年从新帕尔茨消失的那个人）写的。耶？！莎布-尼古拉丝！那孕育千万子孙的森之黑山羊！

说白了，我找到了一种可以将那两个可怜的杂种变成石像的方法。那配方荒谬得简单，真正依赖普通化学而不是那些彼方的神秘力量。如果我能找到合适的材料，我就可以酿造出一种看似与自制葡萄酒类似的饮料，而只需要一杯啤酒的量便能放倒除了大象之外的芸芸众生。那配方的反应原理相当于一种无限加速的石化反应，能瞬间让活物的生理系统中充满钙质和钡盐，并迅速地用矿物质取代活细胞，速度之快势不可当。那一定是曾祖父参加在卡茨基尔斯山的糖积峰举行的大降神会中得到的东西之一，那里曾经发生过太多的灵异怪事。而且我还真的听说过一个新帕尔茨人——范考伦家族的敌人——乡绅哈斯布鲁克在1834年变成了石头或是类似的什么东西。但要完成这个配方，我要做的第一件事就是从奥尔巴尼和蒙特利尔订购我所需要的五种化学原料，之后自然有大量的时间让我去试验。当一切大功告成之后，我会把所有的雕像都收集起来，以维勒的名头卖出去来支付他逾期的房费。他可是个信奉现实主义的自恋狂，所以对他来说，雕刻一座自己的石像也不足为奇吧，而我的妻子也是他的另一位模特，因为他确实在过去的两周里一直在做着这样的事情！我相信愚蠢的大众在这样的说法下完全不会怀疑这奇石的来源。”

“12月25日——圣诞节。地球上的和平，等等无聊之事！这两头牲畜只顾着眉来眼去权当我不存在。他们认为我是又聋又哑又瞎！但这些都无关紧要了，硫酸钡和氯化钙是上个星期四从奥尔巴尼来的，而酸、催化剂和仪器之后都会从蒙特利尔送来。这简直就像是众神的工作坊，所有的这些材料！我会在山下那片矮木林附近的艾伦山洞里进行这项工作，同时在地窖里不遮掩地酿造一些葡萄酒。尽管不会耗费太多的精力来蒙骗那些可能发现我在做什么的人，但提供新饮料总该有一些借口。怎么让露丝喝酒是个问题，因为她假装不喜欢喝酒。我只会在山洞里用动物做实验，没有人会想到在冬天到那里去。当然，我会去砍些柴火来解释我消失不见的时间，想必那一两捆木头足够麻痹维勒，让他们完全不知道我在做什么。”

“1月20日——这比我想象的要难。配方要求极其精准的比例。来自蒙特利尔的货刚刚到了，我却不得不再购入一些更好的东西：一架量程更精准的秤和一盏乙炔灯。山下的镇民已经开始好奇我在做什么了。该死的，真希望邮局不在斯坦威克的店里。我用在洞穴前的池子里喝水的麻雀来实验我的混合试剂的各种比例。有时候那试剂会直接杀死它们，有时候它们毫发无伤，直接飞走了。显然，我错过了一些重要的化学反应。我想露丝和她的新宠正在充分利用我的缺席卿卿我我，拉近感情，但我完全可以承担他们这样亲近，因为，毫无疑问，我最终将会成功报复。”

“2月11日——我终于明白了！我今天在小水池里充分溶解了一批新的试剂。而第一只喝了那液体的鸟，立刻倒下了，就好像它被子弹射中了一样。我立刻把它抱了起来仔细观察。这就是一块完美的石头，从最小的爪子和羽毛都分毫毕现，拥有完美的石头触感。自从它喝下那液体以后，肌肉纹理并没有改变，说明它一定是一喝下那试剂就石化了。我没有想到石化反应居然会这么快。但麻雀身上的反应并不能代表试剂在大型动物身上的完美表现。我必须用更大的动物再次试验这试剂，这样我才能确定当我把这试剂作为酒给那两个牲畜时，那一定是最恰当的分量。我猜露丝的狗雷克斯应该会很合适。不错，下一次我会带这恶犬去，再跟她说这狗被林子中的狼带走吃掉了。她很喜欢它，我想在最终清算之前给她个理由好好哭一场也不错，毕竟她石化了之后可就没有这个机会了。另外，我必须谨慎地选择一个隐藏日记的地方，露丝有时喜欢在家里四处翻找，尤其是一些犄角旮旯。”

“2月15日——天气暖和了起来！我在雷克斯身上尝试了一下，这回试剂的效果简直加倍地好过麻雀。我将试剂倒入洞前水池，并让雷克斯喝了。它似乎意识到喝了那水之后它的身体发生了些变化，因为它后来弓起身子咆哮着、低吼着。但在它可以转头之前就已经变成了一块石头。它喝下试剂之后还能动，说明这回的剂量不够大，所以说对于人来说，剂量就该比给狗的还要更大。我想我现在已经掌握了这个配方，并且准备好给那个维勒一点颜色看看了。这试剂好像是无味的，但以防万一，我还是会加入我在家里新酿的酒来掩饰。真希望我能对这试剂是无味的更确定一些，这样我可以把它掺和在水里给露丝喝，而不必强迫她喝葡萄酒。我将分别处理这两个：在山洞里解决维勒，在家中解决露丝。我近日才完成一批强力试剂，并清除了洞穴前面和里面所有显得可疑的物体。当我告诉露丝雷克斯被狼叼走时，露丝像一只狗崽一样呜咽起来，维勒低声安慰了她很久。”

“3月1日——壮哉拉莱耶！赞美吾主撒托古亚！我终于把那个狗娘养的解决了！我告诉他我新发现了一个易碎石灰岩的新岩架，然后他就像我乖顺的马驹一样跟在我后面任我带他去陌生的地方！我把混合了酒的药剂瓶子别在我腰后面。当我们到达山洞时，他眼睛眨都没眨一下就喝下了它，并且在我还没数够三个数时就倒下了。他这下知道我是来报复他的了，我脸上狰狞的表情想必将我的目的清楚地表明了。他的膝盖因支撑不住他的身体跪下了，我看到了他脸上了悟的神情。然而事情已经无可转圜，两分钟之内他就变成了一块石头。

我把他拖进山洞，又把雷克斯的石像放在了洞口。那种正在怒吼着警惕四周的狗石像会把人们吓跑。尤其是现下猎人们苦等的春猎快要到了，而山上的小屋又来了一个名叫杰克森的肺结核病人，他还经常在雪地里鬼鬼祟祟地散步。我可不希望我的实验室和储藏室被发现！

我回家告诉露丝，维勒去了村里后收到了一封电报，说是突然要他回家，他就匆匆忙忙地走了。我不知道她是否会相信我，但信不信都没有关系了。为了让故事更加可信圆满，我把维勒的东西都打包带下山，告诉她我准备把它们给他邮寄回去。但其实我是把它们都放在了那个已经废弃了的拉普雷家的枯井中。现在轮到露丝了！”

“3月3日——还是无法说服露丝喝任何酒。我真切地希望这些东西是无味的，好让它可以掺在水中而不被发觉。我还尝试了茶和咖啡，但总是会形成沉淀，所以没法用。如果我要用水的话，我将不得不减少剂量并寄希望于微量药剂在人体的累积。胡格先生和夫人今天中午来到家里拜访，我费了好些工夫才让谈话远离维勒的离开。我可不能让镇子上的人知道维勒是怎么走的，又是谁说的，因为镇上的人可是知道得一清二楚：根本就没有电报和回纽约的巴士。露丝在整个社交的过程中都表现得很怪异。我不得不与她争吵一番，并将她锁在阁楼上。当然，最好的办法还是试图让她屈服于我，喝了那掺了料的葡萄酒，多么完美。”

“3月7日——开始料理露丝了。她不肯喝酒，所以我鞭打了她一顿，并再次把她关回阁楼。她永远别想从阁楼上下来。我每天给她送两次咸面包和一些熏肉，以及一桶加了少许药剂的水。加了盐的食物应该会让她喝很多水，这样药会起效得快一些。每次当我站在门口时，她总会呼喊维勒的名字，这让我很不高兴。而其余时间她沉默得很。”

“3月9日——这该死的药怎么起效这么慢。我必须加大剂量，估计吃的饭菜里的盐可以让她无法察觉到这水里的问题。但如果这个方法行不通的话，我总有更多的方法料理她。可是我想让这个石像计划有始有终！今天早上我又去了一次洞穴，那里面一切正常。我有时会听到从天花板上传来的露丝的脚步声，我觉得那声音越来越拖沓无力。说明那药剂是有用的，但就是起效太慢。[illegible]开始我会增加剂量。”

[illegible]11日——她还活着，还在移动，这太奇怪了。[illegible]，我听到她在捣鼓窗户，于是就上去又抽了[illegible]到这次鞭子的惊吓后，她行动无力，整个人[illegible]眼睛看起来都肿胀不已。而且看看从阁楼到[illegible]就知道她无法从窗户跳下来，房子的外墙上更没有落脚点可以让她爬下去。我在晚上做了很多梦，她在楼上缓慢地拖动着腿来回踱着步子，这让我紧张不安。有时我认为她在捣鼓门锁想要逃走。”



“3月15日——尽管增加了剂量，她仍然还活着。

有什么地方不对劲，她现在几乎是在阁楼上爬行，步调节奏都不是很规律，尤其她爬行的声音是真的刺耳。偶尔她还会摇晃窗户，折腾折腾门。如果这种情况再继续下去，我可就忍不住用皮鞭把她抽死了。现在我很困，不知道露丝是否已经以某种方式警惕起来。但她一定在喝那东西，准是没错的！我这种嗜睡是不正常的，可能是我快要撑不住了吧。好困……”

（这里的笔迹密密麻麻的，很凌乱，后来慢慢变成了潦草的胡乱涂抹，但紧接着是力透纸背般坚定的字迹，而且还十分的女性化，处处透露着紧张的情绪。）

“3 月 16 日——凌晨 4 点——这里是露丝 · C. 莫里斯补充的笔记，命不久矣。如果任何人发现了这里或是这个笔记，请通知我的父亲，奥斯本 · E. 钱德勒，家住纽约州山顶镇二号。我刚刚才读完这头野兽写的笔记。如今我确信他杀了亚瑟 · 维勒，但直到我读到了这本可怕的笔记我才明白他的谋杀手段。现在我才知道我侥幸逃脱了怎样一个可怕的阴谋。我早就注意到了水的味道很奇怪，所以在喝了第一口之后就没有再喝，并把剩下的水全部倒出窗外。而仅仅是那啜饮的一小口就让我瘫瘓了几近半个身子，但我目前尚能活动。口渴很难挨，但我已经尽可能地少吃那些咸味食物，并通过在屋顶漏水的地方放置一些旧平底锅和盘子来获得一点儿水度日。

最近下了两次大雨。我想他曾经试图毒死我，虽然我不知道是什么毒药，但现在我明白了。他写的关于我们的话全都是谎言。我们在一起并不快乐，而且我认为一定是他在我身上施展了那些诡异的法术才让我嫁给他。我想他可能是催眠了我和我的父亲，因为他遭人厌恶，令人害怕，甚至总有人怀疑他与恶魔有见不得人的来往，这样的话，父亲和我怎么会看上他，同意这门婚事。我父亲曾称他为'魔鬼的表亲'，看来我父亲是对的。

没有人知道我作为他妻子经历过什么。那已经不是简单的'残酷'一词可以形容，尽管上帝都知道他足够残忍，经常用皮鞭抽打我，但实际上他更加残酷，比这个时代的任何人都能理解的还要残酷得多。他是一个可怕的生物，一个披着人皮的恶魔，他按时举行一些他从他的母族那里传承到的各式各样地狱一般的仪式，我都不敢向大家暗示那些仪式可能是什么。母族的人们传授的各种地狱仪式。他试图让我在仪式中协助他——我甚至不敢暗示它们是什么。他每次都逼着我参与，但我从来不敢，然后他就会毒打我一番。仅仅是试图说出他都逼我干了些什么都可以说是渎神之举了。我甚至都可以说他已经是个凶手了，因为我知道他在雷霆山上那一晚的活祭中献祭了什么。他当然是魔鬼的表亲。我曾经四次尝试逃跑，但他总会抓到我再殴打我一顿。而且，他还经常施法扰乱我的神智，甚至还有我父亲的。

关于亚瑟·维勒，我没有什么好感到羞愧的。我们确实相互爱恋，但只是以一种光荣而清白的方式。是他给了我在离开我父亲之后第一次友善的关怀，并且极力帮助我摆脱那个禽兽的魔掌。他曾与我的父亲进行了几次会谈，并准备协助我离开这里逃到西部去，他甚至打算在我和那个禽兽离婚后，便和我结婚。

自从那个暴徒把我锁在阁楼上以后，我就一直计划着逃出囚笼并结果这禽兽。我一直保留着部分毒药，万一我可以逃脱呢，一旦我逃了出去又发现他睡着，我一定要将这毒药以某种方式返还给他。起初他会很容易在我捣鼓门锁或是查看窗户的状况时惊醒，但后来他开始变得疲倦，睡得更沉。他睡着时震天的鼾声告诉了我一切。

今晚他入睡得很快，睡得也很死，在我强行打开门锁时他都没有醒来便是证据。我的半身瘫痪让下楼变得艰难，但我仍然在不吵醒他的情况下做到了。我发现他就在这里，趴在书桌上，油灯还点着，睡了。角落里是他经常鞭打我的皮鞭。我计划用皮鞭将他绑在椅子上，让他无法轻易移动；同时紧紧地用鞭子套住他的脖子。就这样，我在他没有任何抵抗的情况下，将毒药灌入他的喉咙。

他在我完成捆绑的时候醒了，我猜他一醒来就意识到死期将至，所以他开始高呼某些骇人的胡言，甚至试图吟诵神秘的咒语，但我立刻用水槽里的擦碗巾堵住他的嘴。这时我才注意到这本他正使用着的笔记本，我停下了我手头上准备做的事情阅读起来。本子里记录的一切都是我闻所未闻的，我晕倒了四五次：我的思想甚至都没有准备好理解这本子上记录的文字。之后，我跟那个禽兽谈了两三个小时，告诉了他我多年来一直想要告诉他的事情：这些年的委屈痛苦，那可怖的笔记带给我的糟糕情绪，等等，等等，统统向他申诉着。

而当我畅快地说完那一切之后，他的脸上一片青紫，几近窒息，我认为他已经有些神志不清了。然后，我从柜子里拿出一个大号锡漏斗，在从他口中取出那块擦碗巾后将锡漏斗插进他的喉咙里。他知道我要做什么，却无力阻止。我拿来那桶毒水，毫无犹疑地将其往锡漏斗里一口气倒了半桶。

那一定是非常大的剂量，因为药效十分显著：几乎一瞬间我便看到那个暴徒开始变得僵硬，体表渐渐呈现出一种沉闷的灰色。十分钟后，他便转化成一块坚固的石头了。我不敢上前触摸他，但是当我把锡漏斗从那石像的嘴里拿出来时，锡漏斗叮叮当当地响了起来。我本希望这魔鬼的死亡能尽可能地痛苦、漫长，甚至一直徘徊于生与死之间，生不如死。但最终这石化的死法于他而言也是自食其果，再合适不过了。

事已至此，我没有更多想说的话了。我已半身瘫痪，在得知亚瑟已经遇害时，我便已经生无可恋了。在把这本笔记放在容易被找到的地方之后，我就会喝下剩余的毒药。在一刻钟之内，我也将变成一座石像。若那藏了雕像的洞穴日后能被发现，我唯一的遗愿就是埋葬在亚瑟的雕像旁边，而那忠诚可怜的雷克斯亦应安眠在我们脚下。至于这绑在椅子上的石头恶魔最后落得何处，谁在乎呢……”

# The Colour out of Space

# 星之彩

阿卡姆以西山峦起伏，那儿长满从未被斧子砍过一棵树的茂密森林。那里有黑色狭窄的峡谷，树木在那里奇异地倾斜，浅浅的小溪涓涓地流着，没有一缕阳光。在较平缓的山坡上，有一些古老而多石的农场，有被苔藓覆盖的低矮农舍，它们在古老的新英格兰的秘密中矗立在高耸的岩壁上永恒地沉思着。但现在这些都是空的，宽烟囱在瓦砾屋顶上摇摇欲坠。

原先的住民走了，外国人不喜欢住在那里。法裔加拿大人尝试过，意大利人也尝试过，波兰人来了又走。这不是因为任何可以被看见、听到或能被解决的事物，而是因为想象中的事物。这个地方总会让人有不好的想象，晚上也不会带来平静的梦。这一定是让外国人远离的原因，因为老埃米·皮尔斯从来没有告诉过他们他回忆起的那些“怪异时日”里的任何事。埃米——他的脑子多年来一直有点奇怪——是唯一一个还活着，还谈到那段“怪异时日”的人；他敢这样做，是因为他的房子紧挨着开阔的田野和阿卡姆周围的大路。

以前有一条小路穿过山丘和山谷，直奔现在干枯的荒原，但人们不再使用它，一条新的道路蜿蜒向南方延伸。这条旧路的遗迹仍能在一片荒野草丛中被找到，即使它的一半都被淹没在新的水库里。迟早，幽暗的森林将会被砍伐干净，那枯萎荒原将被深深地淹没在蓝色的水中，它的表面将反射天空，在阳光中荡漾。而那段“怪异时日”的秘密将会与深处的秘密、古老海洋埋藏的传说、原始地球所有神秘事物一起被遗忘。

当我到山上和山谷去调查新的水库时，他们告诉我这个地方是邪恶的。在阿卡姆时，就有人告诉我这件事，因为那是一个充满巫婆传说的古老小镇，我认为这种邪恶一定是几个世纪以来祖母向孩子们耳语的东西。“枯萎荒原”这个名字在我看来很奇怪，很戏剧化，我想知道它是如何进入一个清教徒的民间传说的。然后，当我亲眼看到了面朝西方的幽暗峡谷与斜坡，就不再怀疑除了它本身古老神秘传说的任何东西。我看到它的时候是早晨，但阴影总是潜伏在那里。树长得太茂密了，它们的树干对于任何健康的新英格兰树木来说都太大了；它们之间昏暗的小径太安静了，地面因为满是潮湿的苔藓和无尽岁月的腐殖质而太软了。

在开阔的空地上，沿着那条老路有些小型的山坡农场；有时所有的建筑物都立着，有时只有一栋或两栋还立着，有时只剩下一个孤零零的烟囱或一个很快会被淹没的地窖。杂草和荆棘丛生，荒芜的野草在丛林中沙沙作响。在每一件事物上都是不安和压迫的阴霾；一种虚幻和怪诞的触感，好像透视或明暗对照的某些要素歪曲了一样。我不奇怪外国人不会留下来，因为在这里根本无法入睡。它太像萨尔瓦托·罗萨笔下的风景画了，太像恐怖故事中被禁止的木版画了。

但它们远不如“枯萎荒原”那么糟糕。当我走在一个宽阔的山谷的底部时就明白了，没有别的名字更适合这里，或者够得上这个名字。仿佛诗人是因为看到这个特定的区域而创造了这个短语。我想，这一定是一场大火的结果，但是为什么在这五英亩灰色荒凉的土地上没有什么新的东西长出来，却像森林和田野里被酸蚕食的一大片区域？它主要位于老路的北边，但也向另一边延伸了一部分。我莫名不愿意接近，但最终还是去了，这是因为我的工作需要。这片广阔的土地上没有任何植被，只覆盖着一层灰色的尘土和灰烬，看起来没有风曾经吹过。它附近的树木病态、矮小，许多枯死的树干矗立着或是倒在地上，或溃烂在荒原边缘。当我匆忙走过的时候，我看到了我右边有一个倒塌的旧烟囱和一个破旧的地窖，还有一口深不见底的废井，井口停滞的蒸汽在阳光的照耀下呈现出奇异的效果。即使是广阔黑暗的林地，也比这受欢迎，我不再惊叹于阿卡姆人宛若受惊的窃窃私语。附近没有房子或其他废墟；即使在过去，这个地方也一定是孤独和偏僻的。黄昏时分，我害怕重回那不祥的地点，绕着弯弯曲曲的小路往南走。我隐约希望有些云彩会聚集，因为对那空荡荡深邃虚空的奇异恐惧已经渗入我的灵魂。

晚上，我向阿卡姆的老人们谈起了“枯萎荒原”，那句人们都推脱地含糊提起的“怪异时日”是什么意思？然而，我得不到任何答案，只是了解到神秘事件比我想象的在时间上更靠近现在。这根本不是什么古老传说，而是那些在世的人经历过的事。它发生在80年代，一个家庭失踪或是被杀害了。叙述者并不确定，因为他们都告诉我不要理会老埃米·皮尔斯的疯狂故事。第二天早上我便去找他，听说他独自住在一栋古老而摇摇欲坠的小屋里，就在森林边上——那是树木开始变得茂密的地方。这是一个可怕的地方，建造在这儿的老房子发出一股淡淡的沼气味。我不停地敲门才叫醒了老人，当他胆怯地摇摇晃晃向门口走来时，我可以看出他并不想见我。

他不像我想象的那样虚弱，但他的眼睛奇怪地耷拉着，他那凌乱的衣服和蓬乱的白胡须显得他很憔悴。因为不知道怎么让他开口，我就假装有点公事，并含糊不清地问了关于这个地区的问题。他比我想象的要聪明得多，也受过教育。在我意识到之前，他已经像我在阿卡姆攀谈过的任何人一样，很快就明白了我所说的。他不像其他我在水库区域认识的当地人，从他身上我看不到对古老树林和农田被抹去的抗议，也可能是因为他的家不在未来湖泊的边界之内。他在这黑暗山谷中度过了一生，谈及这里即将被毁灭，他却认为他得到了解脱。它们现在在水下更好——从那段“怪异时日”起它们在水下就更好。随着这个故事的开始，他沙哑的声音低沉下来，身体向前倾斜，右手食指颤抖地指着什么，令人印象深刻。

就在那时，我听到了这个故事，随着杂乱的声音时而尖锐，时而低沉，尽管是夏天，我还是不停地颤抖。我常常不得不从漫谈中打断叙述者，凑出他仅靠鹦鹉学舌般的记忆回忆起的科学问题，或者填补逻辑和连贯性出现问题的地方。他说完后，我便不再怀疑他的脑子有问题，或者为什么阿卡姆的人不会过多提起“枯萎荒原”了。我在日落前匆匆赶回旅馆，不愿意顶着天上的星星在外行走；第二天我回到波士顿辞了工作。我再也不愿进入昏暗混沌的古老森林和斜坡中，或者再一次面对灰暗的荒原，还有那黑色的井在坍塌的砖石旁边张着的黑口。水库马上就要建成了，所有这些古老的秘密将永远沉睡在水底深处。但即使这样，我也不相信自己愿意在晚上去那片乡野——至少不是在那邪恶的星星出来的时候，没有什么可以贿赂我去喝阿卡姆新城的水。

老埃米说一切都从那颗陨石开始。在那之前，自从女巫审判之后从没出现过任何荒诞的传说，甚至这片西部森林还不如米斯卡塔尼克的小岛的一半可怕，那里的魔鬼在一个比印第安人更古老的奇特石祭坛旁边举行审判。这片树林不闹鬼，这里的奇异黄昏直到“怪异时日”前一直都不恐怖。直到白色的云朵在正午聚集起来，在空中牵动一串爆炸，远处树林的山谷冒起一缕烟柱。到了晚上，所有阿卡姆人都听说了从天上掉下来、躺在纳厄姆·加德纳井旁的地面上的巨大石头。那口井就在后来的“枯萎荒原”的位置——坐落在肥沃的花园和果园里的纳厄姆的白房子的院子里。

纳厄姆来到镇上告诉人们关于那块石头的事，并顺路去了埃米·皮尔斯的家。那时埃米才四十岁，对任何奇怪的事情都很感兴趣。他和他的妻子随着米斯卡塔尼克大学的三位教授——他们在第二天早晨匆匆赶来看来自未知星空的奇异访客——一起去了加德纳家，并且不明白为什么纳厄姆前一天称它“巨大”。纳厄姆指着前院被掀起的泥土和古井附近烧焦的草堆起的棕色大土丘说，它已经缩小了。但是教授回答说石头不会收缩。石头持续地散发着热量，纳厄姆宣称它在夜里还会发出淡淡的光。教授们用地质锤试着敲了敲，发现它很奇怪。事实上，它柔软得几乎像塑料；他们凿下而不是敲碎一块标本带回学院进行测试。他们从纳厄姆家厨房借了一个旧桶来装它，因为哪怕是一小块它也没有冷却。回程的路上，他们到埃米的家里休息。这似乎是很周到的考量，因为皮尔斯夫人说样本越来越小，把桶底烧穿了。事实上，样本并不算大，但也许他们刚凿下时还大点。

第二天——这一切发生在 1882 年 6 月——教授们又一次兴奋地结队来了。当他们经过埃米家的时候，他们告诉他样本发生的奇怪的事情：当他们把它放进玻璃烧杯里时，它完全消失了。烧杯也不见了，这些学识渊博的人谈到了这块奇怪石头与硅的相似处。在那个井井有条的实验室里，它表现得非常令人难以置信：在木炭上加热时，什么都没发生，也没有释放出气体；在硼砂珠中完全表现出阴性；很快又证明它在任何温度下——包括氢氧化铋喷焊器的火焰下——也绝不挥发；在铁砧上，它显得延展性很强；在黑暗中它的亮度非常显著。在整个过程中，它都没有冷却，这使学院处于一种真正兴奋的状态。当在分光镜前加热时，它显示出不同于正常光谱的任何已知颜色的光亮带，人们不停地讨论关于新元素、奇特光学性质的话题，也有迷惑的科研者在面对未知时会谈起其他内容。

尽管它很烫，但他们还是用坩埚和所有合适的试剂进行了测试。水什么用也没有，盐酸也一样。硝酸甚至连王水也都只是发出嘶嘶声飞溅开，它仍然可怕得坚不可摧。埃米很难回忆起所有这些东西，但在我以日常使用溶剂的顺序提起来的时候，他还是想起了一些，有氨和苛性钠，酒精和乙醚，恶心的二氧化硫和十几种其他的试剂。虽然随着时间的推移，它的重量稳定地减少，样本似乎稍微冷却，但没有发生任何变化能够证明他们触及了物质的本质。不过，毫无疑问它是金属，它具有磁性，另外，在浸没于酸性溶剂后，陨石上出现了微弱的魏氏组织痕迹。当它冷却到一定程度之后，测试转移到玻璃器皿中进行。他们把所有的碎片都留在玻璃烧杯中，但第二天早上，碎片和烧杯都没了踪迹，只剩木架上一块烧焦的痕迹标记出它们原来的位置。

教授们在埃米的门前停下来告诉他所有这些事，他又一次和他们一起去看来自星星的石头使者，这次他的妻子没有陪他一起。现在，它肯定缩小了，即使是头脑清醒的教授也不怀疑他们所看到的真相。井边的褐色团块周围除了泥土塌陷的地方只剩下一片空旷，昨天它还有七英尺，现在还不到五英尺。它仍然是热的，这些教授好奇地研究它的表面，他们用锤子和凿子取下了另一块更大的样本。这次他们挖得很深，当他们撬下新样本时，发现陨石的核心和其他部分不是同一材质。

他们发现了一个很像彩球的东西镶嵌其中。它的颜色跟陨石显示出来的那种奇怪的光谱带条纹相似，几乎无法用语言来描述它的光滑质感。在遭受敲击时，感觉它既有脆性，又是中空的。一位教授用锤子狠狠地敲了它一下，它“砰”的一声炸开了，什么都没有释放出来，球体在遭受敲击后消失了，留下了一个直径大约三英寸的中空球形空间。所有人都认为在石块外部消失后，会出现更多的球体。

然而这只是徒劳的空想，所以在无用地尝试发现的新球体之后，探险者带着他们的新标本离开了——事后证明了在实验室中它与它的前辈一样令人困惑。除了像是塑料的，具有热量、磁性和轻微的光度，在强酸中稍微冷却，具有未知的光谱，在空气中会挥发，和硅化合物会相互作用破坏外，它没有任何可识别特征。大学的科学家在实验的最后被迫承认他们无法处理这种物质。这不属于地球，而是来自外太空，同样地，它被外在属性所束缚，服从外层空间的法则。

那天晚上下了一场雷雨，第二天当教授们去纳厄姆家时，他们极其失望。那块石头原来是带磁性的，一定有一些特殊的导电性质，因为它“吸引了闪电”——纳厄姆带着一种奇异的执着说道。他在一个小时之内六次看到雷击前院的沟壑，当暴风雨结束时，除了古井台边一个凹凸不平的坑之外什么都不剩了，那个坑被塌下来的土压垮了一半。挖掘工作没有任何发现，科学家证实了陨石完全消失的事实。这次调查完全失败了，所以除了回实验室重新检查用铅仔细包着、正在消失的剩余碎片之外他们什么都不能做。那块碎片保留了一个星期，但到最后也没能从它之中获取任何有价值的信息。当它消失时没有留下任何残留物，以至于最后教授们都不确信，他们真的曾在清醒的状态下见过来自天外那无尽疆界的一缕痕迹——那条孤单的、神秘怪诞的、来自由其他物质、力量以及实体构成的宇宙或者领域的信息。

阿卡姆的地方报纸多数都是由大学赞助的，它们自然对此事极为关注，并派出记者与纳厄姆及其家人交谈。

波士顿至少有一家日报也派出了一名记者，纳厄姆很快成为当地的一位名人。他是一个瘦长而和蔼可亲的人，大约五十岁，与妻子和三个儿子住在宜人的山谷农庄里。纳厄姆和埃米两家经常互相拜访，埃米一直对他赞美有加。纳厄姆对自家院子有着这样的吸引力感到有些自豪，在接下来的几周里经常谈到陨石。那年的七八月很热，纳厄姆在他横贯查普曼斯溪流的十英亩草场里卖力地割着干草；他那嘎吱作响的运货马车在阴凉的乡间小径上压出深深的车辙。他觉得那一年的农活似乎比过去的几年更加累人，他开始觉得自己上年纪了。

然后作物结果收获的时候到了。梨子和苹果慢慢地成熟，纳厄姆发誓说他的果园前所未有地繁荣。这些水果大小惊人，有着异常的光泽，在这样的产量下，他们用额外的木桶来装未来的作物。但成熟后的果子令人失望，这些看起来华美的水果没有一个能吃。一种苦涩和病态的味道悄悄地渗入了梨子和苹果的甜美味道中去，即使只咬一小口也会引起持久的反胃。甜瓜和西红柿也是一样，纳厄姆伤心地看到他的作物全都完了。他迅速地联系起那件事，宣布是陨石毒害了土壤，幸运的是，大多数其他作物是种在公路两端的高地上的。

那年的冬天来得很早，天气也变得十分寒冷。埃米见到纳厄姆的次数比往常少，并且注意到他开始显得忧心忡忡。他家里的其他人似乎也变得沉默寡言，也不稳定而频繁地参加礼拜和乡村的其他社交活动了。这种保守和忧郁没有任何原因，尽管所有的家庭成员都坦承自己的健康状况越来越差，还有一种模糊的不安感。纳厄姆给出了最直接的原因，说他对雪中的某些脚印感到不安。它们通常是红松鼠、白兔和狐狸的脚印，但这个忧心忡忡的农民声称他看到了它们一些不太正常的习性。纳厄姆没有明确说什么，但似乎认为那些松鼠、兔子还有狐狸不具备原本该有的解剖学特性。埃米起先对纳厄姆的这番话并不在意，直到有一天晚上他乘着雪橇从克拉克街角返回，经过纳厄姆家的房子时才改变了态度。当晚天上有月亮，一只兔子突然穿过道路，它跳跃的距离之远超出了埃米和他的马所能接受的程度。事实上，如果不是埃米紧紧地拉着缰绳，他的马就要被吓跑了。从那以后，埃米更加慎重地考虑纳厄姆说过的事，并且纳闷加德纳家的狗为什么每天早上都会显得那样怯懦并浑身颤抖，它们渐渐地连吠叫的精神都没有了。

二月，来自梅多夫山的麦克格雷戈家的男孩们在外面打土拨鼠时，在离加德纳家不远的地方抓到一只样子非常奇怪的。它的身体比例似乎有些奇怪的变化，且从来没有人在一只土拨鼠的脸上看到过那样的表情。孩子们很害怕，立刻把它扔掉了，于是他们的怪诞故事才传到乡下人的耳朵里，但经过纳厄姆家附近的马会害怕已经成了共识，而悄悄传播的谣言的基础就这样快速形成了。

人们发誓纳厄姆家周围的雪比其他地方融化得更快，三月初在克拉克街角的波特杂货店里发生了一场可怕的讨论。斯蒂芬·莱斯早上驱车驶过加德纳家附近，发现沿路的林地泥泞里长出了臭菘菜。他以前从来没有见过这么大的东西，而且它们有着无法用言语描述的颜色。它们的形状很奇怪，超出斯蒂芬的预料，散发出一股连马都不停地喷着鼻息的臭味。那天下午，有好几个开车经过此处的人都看见了异常生长的植物，大家一致认为在正常健康的世界长不出这样的植物。之前秋季的坏果实也被经常提起，人们口口相传，说纳厄姆的土地有毒。“当然这是因为那颗陨石，只要想想大学里的学者找到那块陨石的情形多么古怪。”几个农民这样对人们说。

有一天，教授拜访了纳厄姆，但他们并不是为了荒诞的流言和民间传说，他们所做的推断十分保守。这些植物当然很奇怪，所有臭菘菜的形状、气味和色调上或多或少都很奇怪。也许石头中的一些矿物元素已经进入土壤，但应该很快就会被冲走。至于脚印和受惊的马匹，这只是陨石坠落现象必然导致的乡村流言。在粗野的流言蜚语中，严肃的人是不可能做任何事情的，因为迷信的乡下人会谈论和相信任何事。因此，在那段怪异的日子里，教授们都轻蔑地看待这一切。其中只有一位在一年半后在帮助警察工作，给两份灰尘做分析时，才回忆起那颗臭菘菜奇怪的颜色就像是大学分光镜中陨石碎片所反射的光谱，材质也很接近那个陨石深处的硬脆小球。在这项分析案例中，土壤的样本在最开始的分析中显示出了同样的奇怪光谱条纹，但随后这种性质便消失了。

纳厄姆家附近的树木提早地发了芽，在夜晚随风不祥地摇晃着。纳厄姆的第二个儿子撒迪厄斯，一个十五岁的小伙子，发誓说它们在没有风的时候也摇摆不定，但即使是流言蜚语也并不赞同这个说法。当然，空气中充满了躁动，整个加德纳家庭都养成了偷听的习惯，尽管他们并不能明确地说出听到了什么声音。实际上，这样偷偷地倾听是人陷入疯狂的表现。不幸的是，他们的习惯一周比一周严重，直到每一个人都说："纳厄姆家所有人都出了问题。"

当比较早的一批虎耳草长出来的时候，它们和臭菘菜的颜色并不一样，但两种植物的颜色明显有相似之处，并且相互有联系，因为是任何人都没有见过的颜色。纳厄姆摘了一些鲜花带去阿卡姆，并把它们送给了《宪报》的编辑，但那位要人只写了一篇幽默的文章来嘲弄乡下人的恐惧。这是纳厄姆的一个错误——告诉一个迟钝的城里人关于疯长的黄缘蛱蝶的怪异举止与虎尾草之间有联系。

四月使乡下的人都有些疯狂，他们不再走穿过纳厄姆家的路，最后导致它完全被废弃。原因是这里的植被：所有的果树都开着颜色奇异的花。庭院石质土壤和附近的农庄都出现了一种植物疯狂生长的势头，只有植物学家能够把现在的场景和原先正常生长的植被联系起来。除了绿草和树叶之外，那地方再也看不到其他任何正常的颜色，到处都是那些茂密的、病态的棱柱状变异植物，构成了地球上任何一个角落都前所未见的古怪色调。

兜状荷包牡丹成了不祥之物，血根草轻蔑地展示着它们扭曲变异后的病态艳丽。埃米和加德纳家的人认为它们大多数的颜色都有一种令人难忘的熟悉感，这也使他们想起了陨石中的那个脆质圆球。纳厄姆在十英亩的牧场和旱地上耕种，却没有耕种房屋周围的土地。因为他知道耕了也没有用，只是希望夏天奇怪的生长势头能从土壤中吸取所有的毒物。他现在几乎对任何事都做好了准备，已经习惯了身边有东西等待着被倾听的感觉。

邻居们都避开他的房子当然使他很难过，而他的妻子受到的影响更大。撒迪厄斯是个极其敏感的年轻人，受到的影响最深。

五月时虫子多起来了，纳厄姆家变成了满是嗡嗡声和爬行动物的噩梦。大多数动物的习性和动作都不太寻常，它们的夜间习性与以前的行为相矛盾。加德纳一家晚上都在观察——四处地观察着随便什么东西，但他们也说不出是什么。就在那时，他们都承认撒迪厄斯对树的说法是正确的。加德纳太太是第二个看见的，她隔着窗户看到月光明亮的天空下的枫树肿胀的树枝。树枝肯定动了，却没有风。一定是树的汁液造成的！每一样生长的东西都变得奇怪起来。然而，发现下一个新现象的并不是加德纳家的人。对古怪事物他们已经麻木了，一个从博尔顿来的胆怯风车推销员无视乡村传说从那里开车经过，看到了他们没有见到的东西。他在阿卡姆的遭遇在《宪报》中被写成了一篇短文，包括纳厄姆在内的村民都是在报纸上看到这个消息的。那天夜里很黑，马车的灯光昏暗，但山谷中尽人皆知的纳厄姆家农舍附近似乎并没有那么黑暗。所有的植被、草、叶子和花朵似乎都在散发出着一种清晰的光，而在某个瞬间，仓房附近的院子里有一片磷光在移动。

到目前为止，草地似乎还没有受到什么影响，奶牛也在房子附近的空地上自由地吃草。但到五月底，牛奶开始有变化了。纳厄姆又把牛赶到高地，这才解决了问题。不久之后，草地和树叶的变化就变得很明显了。所有的翠绿都变成了灰色，并且呈现出一种很奇怪的脆性。现在只有埃米一个人来这个地方，而且他来的次数也越来越少了。学校停课后，加德纳一家几乎与世隔绝，有时还让埃米在城里跑腿。奇怪的是，他们的身体和精神都变得越来越糟糕。当加德纳夫人发疯的消息不胫而走时，没有人感到奇怪。

那件事发生在六月，大约是那块石头陨落的周年纪念日，那个可怜的女人对着天上的东西尖叫起来——她无法描述的那些东西。在她的胡言乱语中，没有一个具体的名词，只有动词和代词。东西在动，在变，在动，在动，耳朵里有一种不完全是声音的东西在涌动。有什么东西被拿走了——她体内被抽空了——有什么东西紧紧地依附于她——一定要有人把它挡开——夜里什么也没有——墙壁和窗户都动了。纳厄姆没有送她到镇上的精神病医院，让她在房子周围徘徊，只要她不伤害自己和他人。即使她的脸色改变了，他还是什么也没做。但是，孩子们开始害怕她了，当撒迪厄斯看到她对他做鬼脸的样子，几乎晕了过去，纳厄姆决定把她锁在阁楼里。到了七月，她已经不再说话，用四肢爬行。七月还没结束，纳厄姆就疯狂地认为，她在黑暗中会发出微弱的光，他现在清楚地看到，附近的植被也是如此。

此前不久，马匹就开始到处惊逃。夜里有什么惊醒了它们，吓得它们在马厩中乱踢并且发出恐惧的嘶叫。几乎没有任何方法使它们平静下来，当纳厄姆打开厩门的时候，马匹就像受惊的林中小鹿一样冲了出去。纳厄姆花了一周时间才找回全部的四匹马。不过在找到它们的时候，这些马已经无法控制，失去用途了，有什么东西破坏了它们的大脑，他不得不射杀它们使其解脱。纳厄姆只好向埃米借了一匹马来运干草，结果却发现马不愿意接近仓房。那匹马惊恐着退缩着，还不断地嘶叫着，最后他只能把它赶进院子里，再靠人力把沉重的马车推进干草棚以便装卸。植物都开始变得又灰又脆，即使是那些之前颜色无比古怪的花也开始变灰了；果实也渐渐显现出灰色，并且开始萎缩，尝起来也毫无味道。紫菀和鼠尾草开出了扭曲的灰色花朵，前院的玫瑰、百日草、蜀葵都长着一副污秽的、亵渎神灵的模样，因此纳厄姆的长子泽纳斯把它们都剪掉了。那些奇怪地膨胀起来的昆虫大概就是在那个时候死掉的，即使是离开巢穴，飞进树林的蜜蜂也在不断死去。

到了九月，所有的植被都迅速崩裂成灰白色的粉末，纳厄姆担心树木会在毒物从土壤中消失之前死去。他的妻子现在时常发出可怕的尖叫声，他和孩子们一直处于紧张状态。他们现在避开了人群，学校开学的时候，男孩们也没有去上学。在次数稀少的某次拜访时，埃米首先意识到井水的质量已经不好了。它带有一种不是臭味，也不是咸味的邪恶味道，埃米建议他的朋友在高地上挖另一口井，直到土壤再次变好。然而，纳厄姆却忽视了这一警告，因为那时他对陌生和不愉快的事物都很厌恶。他和孩子们继续使用被污染的井水，就像他们机械地吃着他们半生不熟的匮乏食物，在无目标的日子里做着单调乏味的杂活。他们已经听天由命了，就好像半只脚已经踩进了另一个世界，跟着无名的守卫队伍走进那必然的、为人熟知的毁灭。

九月的时候，撒迪厄斯去过那口井那儿，之后便发疯了。他拿着桶走了过去，两手空空地回来，尖叫着挥舞双臂，有时会开始疯狂地窃笑，开始低语着“井下面的颜色在动”这样的话。家中另外两个男孩的情况也很差劲，但纳厄姆对此表现得非常勇敢。他让这个男孩自由地跑了一个星期，直到他开始绊倒和伤害自己，然后他把撒迪厄斯关在阁楼的一个房间里，穿过大厅正对着关着他母亲的房间。他们在锁着的门后面互相尖叫的方式非常可怕，尤其是对于小默温而言，他想象他们在用一种不属于地球的可怕的语言谈话。默温的想象力变得异常丰富，在他最好的玩伴——哥哥被关起来之后，他的不安感就更强了。

几乎与此同时，牲畜的死亡率也开始上升。家禽变成了灰色，并且很快就死了，它们的肉被切开时是干硬的，还散发出一股恶臭。猪变得异常肥胖，然后突然开始发生没人能解释的可怖变化。它们的肉当然是不能吃的，而纳厄姆束手无策。没有一个乡村兽医敢接近他的房子，阿卡姆镇的兽医也公开地表示他们无能为力。猪开始变得灰白易碎，跌倒在地，然后死去了。它们的眼睛和嘴巴产生了奇异的变化。这是非常莫名其妙的，因为没人用被污染的植物喂养它们。然后，什么事发生在了奶牛身上。某些部位，甚至是整个身体都莫名其妙地枯萎，变得像是被压扁一样的奶牛越来越多，它们的结局和那些猪一样，变灰变脆，然后碎裂而死。这不可能是因为有人下毒，因为事情发生的地点是无人经过的、紧锁的谷仓。

这不可能是经动物啮咬传播的病毒，因为世上并没有什么动物能够穿过固体的障碍。这肯定是一种自然发生的疾病，但是人们猜测不出什么疾病能够造成这样的结果。收获季节的时候，这地方已经没有活着的动物了，牲畜和家禽都死了，狗也跑掉了。那三只狗在一天晚上全部消失了，之后再也没有人见过它们。五只猫已经离开一段时间了，但他们几乎没有注意到，因为这里似乎也没有老鼠，只有加德纳太太宠爱这些优雅的小动物。

十月十九日，纳厄姆带着可怕的消息踉踉跄跄地走进埃米的家。撒迪厄斯以一种言语无法形容的方式死在了阁楼里。纳厄姆在农场后面被栏杆围住的家族墓地挖了一个坟墓，把撒迪厄斯埋在里面。阁楼里关好的小窗户和锁着的门都是完好无损的，这情形和谷仓里的情形一模一样。埃米和他的妻子尽可能地安慰这个受打击的人，但他们这样做时却不寒而栗。极度的恐惧似乎笼罩着加德纳家的人和他们碰到的每一件事物，他们家中的每一样东西仿佛都带着从无名或者无可名状的地方飘来的气息。埃米极其不情愿地陪着纳厄姆回家，尽他所能地安抚小默温，让他不再歇斯底里地抽泣。至于泽纳斯倒是不需要他的帮助，不过他最近经常什么也不做，只是盯着虚空，完全听命于他的父亲。阁楼上时不时传来轻轻回应默温的尖叫声，纳厄姆回应着埃米询问的目光，说他的妻子越来越虚弱。当夜幕降临时，埃米逃走了，当植被开始发出微光，树木在无风的时候也摇摆起来的时候，即使是深厚的友谊也不能让他留在那个地方。埃米很幸运，因为他并不是很有想象力。但遇到这样的事，他的心智也受到了影响。但是如果他能够将周围的一切联系起来思考，他一定会不可避免地发疯。黄昏时分，他急急忙忙回到家里，疯女人和紧张的孩子发出的骇人尖叫仍在他的耳边回荡着。

三天后，纳厄姆一大早就溜进埃米家的厨房，尽管埃米并不在家，他还是又一次结结巴巴地说出了一个绝望的故事，皮尔斯夫人紧张地听着。这次遭殃的是小默温，他失踪了。他深夜带着一盏灯和一只桶出去打水，却再也没有回来。他已经好几天都不舒服了，纳厄姆几乎不知道他在干什么，他只是对着一切东西尖叫。他失踪前的那会儿，院子里传来一声疯狂的尖叫声，但父亲还没走到门口，男孩就不见了。他拿的灯笼没有发出亮光，孩子也没有留下一丝踪迹。当时，纳厄姆认为灯和桶也不见了。但是，当黎明来临时，彻夜搜索的纳厄姆在井边发现了一些奇怪的东西。显然是破碎的熔化了的铁块，肯定就是那盏灯，在废铁的旁边有一个弯曲的手柄和几个扭曲变形的铁环，它们都熔化了大半，似乎正是那个水桶仅存的部分。这就是剩下的全部了，纳厄姆不敢再想下去，而皮尔斯夫人吓得脑子一片空白，当埃米回家后听到这件事，他也无法猜测发生了什么。默温失踪了，但告诉周围的人也没有用，因为现在他们都躲着加德纳家的人。告诉阿卡姆城里那些嘲笑一切的人也没有用。撒迪厄斯走了，默温也失踪了。有些东西在蠕动着、期待着被人感觉到和听到。纳厄姆觉得自己也会遭受这样的命运，他希望埃米照顾他的妻子和泽纳斯——如果他们在他死后还活着的话。纳厄姆认为这是某种审判，虽然他并不知道这是为了什么，因为他认为自己一直按照上帝的指引正直处事。

埃米有两个多星期没有见到纳厄姆了，他担心可能发生了什么事，于是去拜访加德纳家。巨大的烟囱里一点烟也没有，埃米害怕的最坏的情况发生了。整个农场看起来令人震惊——地面上满是灰色的枯草树叶，古老的墙壁和屋脊下面全是发灰变脆的藤蔓落下的碎片，光秃秃的树叶向十一月灰色的天空伸出树枝，埃米从树枝倾斜的角度中感受到了一种处心积虑的恶意。纳厄姆还活着，他身体虚弱，躺在有着低矮天花板的厨房的沙发上，但意识完全清醒，能下些简单的命令。房间里冷得要命，当埃米目瞪口呆的时候，他怒吼着叫泽纳斯再加更多的木头。这间房间的确需要更多的木头，因为那个洞穴式壁炉根本没有被点燃，空荡荡的，烟囱里冒出一阵寒风吹来的烟尘。过了一小会儿，纳厄姆问他添这么多的柴火是否使他更舒服，埃米这才意识到发生了什么，最结实的绳子终于断了，这个倒霉的农夫也崩溃了——他的心智状况证明还发生了更多的悲哀之事。

即使埃米巧妙地问纳厄姆话，他也不能问出失踪的泽纳斯去了哪儿。“在井里——他住在井里。”不清醒的父亲只能给出这样的回答。然后，他的脑海里突然闪现出一个关于疯狂妻子的想法，他换了个问题来问。“娜碧？怎么！她就在这儿啊！”可怜的纳厄姆惊讶地回答，埃米很快就发现他必须自己找了。他把这个喋喋不休却无害的人留在沙发上，从门边的钉子上取下钥匙，爬上阁楼嘎吱作响的楼梯。阁楼十分狭窄，而且也听不见任何声音，只是在空气中充斥着一股恶臭。在视野内的四扇门中，只有一扇被锁上了，他尝试了圆环上挂着的所有钥匙，最后证明第三把是开这扇门的，经过一番摸索，埃米打开了那扇低矮的白色门。

里面很暗，因为窗户很小，又被简陋的木条遮住了一半，埃米在宽阔的地板上什么也看不见。这恶臭已经让人无法忍受了，在继续前进之前，他不得不撤退到另一个房间让自己的肺充满可呼吸的空气再回来。当他进去的时候，他看到角落里有一个漆黑的东西，一看到它，他立刻尖叫起来。当他尖叫的时候，他觉得一瞬间云遮住了窗户，自己好像被一股可恶的蒸汽流撞了一下。奇怪的颜色在他眼前跃动，如果不是因为恐惧使他麻木，他会想到地质锤敲碎的陨石中的球体，以及春天发芽的病态植物。现在他想的全是面前这个亵渎神灵的畸形怪物，显然它也遭受了跟年轻的撒迪厄斯和牲畜们一样不可名状的命运。但更加可怕的是，这个怪物一边崩塌一边还在缓慢地持续移动着。

埃米没有告诉我关于这个场景的更多细节，但是角落里的形体不会再次作为一个移动的物体在他的故事里出现。有些事情是不能被提及的，有些基于正常人性所做的事却会被某些定律残酷地审判。我想那个阁楼的房间里并没有留下任何会动的东西，在那种情况下把任何能动的东西留在那儿简直活该受到永恒折磨。如果埃米不是一个感觉迟钝的农夫的话，他早就已经晕倒或者发狂了。但他意识清醒地走过低矮的走廊，将他身后那个受诅咒的秘密永远地锁起来。现在还有纳厄姆的事需要解决，他必须先吃点东西和梳洗，然后再搬到一个有人护理的地方去。

埃米走下黑暗的楼梯，突然听到他下面传来一阵砰砰声。他甚至以为是一声尖叫突然被噎住了，于是紧张地回忆起在楼上可怕的房间里扫过他的潮湿蒸汽。他走进门喊起来的时候是什么样子的？因为某种模糊的恐惧埃米停住脚步，他听见了更深处的声音。那儿无可否认地有什么沉重的东西被拖拽着，如同某种魔鬼般不净的东西发出了黏稠恶心的吮吸声。在纷乱的想象变得越发狂热之际，他不知所措地想起了他在楼上所看到的一切。上帝啊！他走进的是个什么样的噩梦世界？他进退两难，对着站在楼梯上的黑色轮廓颤抖。这个场景的每一个细节都在他脑子里燃烧。声音，对恐怖场景的担忧之情，黑暗，陡峭的狭窄楼梯——还有天哪！……视野中所有的木制品，楼梯踏板、边角、露出的木条，甚至是横梁都散发着微弱却绝不是错觉的光芒。

接着，埃米拴在外面的马发出一阵狂乱的嘶嘶声，接着是一阵喧哗的逃窜声。过了一会儿，马和马车的声音已经听不见了，只留下受惊吓的人站在黑暗的台阶上猜测是什么东西吓到了它。但这还不是全部，外面又传来一阵声音，一阵液体溅起的声音——水——一定是那口井。他没系上“英雄”，只是把它留在那附近，马车的车轮一定擦过了井盖，将一块石头撞进了井里。苍白的磷光仍在那栋可憎的木制品里发着光。天哪！这栋房子多老了！它大部分建于1670年之前，而复斜式的屋顶则是不晚于1730年建成的。

楼下地板上微弱的抓挠声现在听起来很清晰，埃米握紧了他在阁楼上捡到的一根粗重的棍子，慢慢地鼓起勇气走下楼梯，然后壮着胆子往厨房走去。但他只走了一半，他要找的东西已经不在那儿了。它还活着，并且过来了。埃米不知道它是爬过来的还是被任何外力拖着过来的，但它就快死了。一切都发生在刚刚的半个小时里，但是坍塌、灰化和崩解早就开始。不断有可怖、干涩的脆片从它身上剥落下来。埃米不敢碰它，只能惊恐地看着曾经是脸的那块扭曲皮肤。“那是什么，纳厄姆，那是什么？”他低声问道，但那张肿胀裂开的嘴唇只能挤出一个最后的答案。

“什么都不是……什么都不是……那色彩……它会燃烧……又冷又湿。……但它燃烧着……它住在井里……我看见了……像一种烟……就像去年的花一样……这口井晚上会发光……撒迪、默尼和泽纳斯……所有活着的东西……吸走所有东西的生命……在那块石头里……它一定是从那块石头里来的……把所有地方都污染了……我不知道它想要什么……大学的那些人从陨石里挖出的圆球……他们弄碎了它……它们的颜色是一样的……那些花和植物也一样……还有别的……种子……种子……越长越多……我是在这个星期第一次看到它的……它肯定从泽纳斯身上获得了力量……他是个生机勃勃的大男孩儿……它击垮了你的神志，然后让你……让你烧起来……在井水里……你是对的……邪恶的水……泽纳斯再也没有从井边回来……没法离开……它吸住了你……你知道有东西来了，但也没有用……自从泽纳斯被抓走之后我就一直看到它……娜碧怎么样了，埃米……我的脑袋不行了……不知道有多久没喂她吃饭了……如果我们不小心的话，它就会抓走她的……只是那颜色……有时一到夜里，她的脸上就会出现那颜色……它一边燃烧一边吸着……它来自跟这里完全不同的地方……有一位教授这样说过……他是对的……你要当心，埃米，它还会继续……吸走生命……”

但这就结束了。说话的人再也不能说话了，因为他完全地崩塌了。埃米用一块红格纹桌布盖住剩下的东西，然后跌跌撞撞地从后门逃到了田里。他顺着斜坡爬到了十英亩的草地上，沿着向北的路和林子跌跌撞撞地回家了。他不敢经过那个吓跑他的马的水井，之前他曾透过窗户看过那口井，但没有发现井边有石块消失不见。显然马车并没有撞到任何东西——那液体一定是因为其他原因溅起来的——什么东西在了结了可怜的纳厄姆之后回到了井里。

当埃米回到家时，马和马车早已先于他到了，因此他的妻子十分焦虑。他安慰了她却没有说出缘由，但立即出发去阿卡姆告诉当局加德纳家族已经不复存在了。他并没有叙述太多细节，只是简单地提起了纳厄姆和娜碧的死讯，并把撒迪厄斯早已死去的事一并上报，并提到原因似乎是杀死家畜的同一种奇怪疾病。他也说到默温和泽纳斯都失踪了。派出所询问了很多，最后埃米被迫带了三名警官还有验尸官和兽医一道去了加德纳农场。他并不情愿这么做，因为已经是下午很晚的时候了，他害怕夜晚待在那个被诅咒的地方，但是有那么多人陪着他，这也使他得到些安慰。

六个人乘着一辆双座敞篷马车跟着埃米的车，大约四点到达了备受苦难折磨的农舍。即使是习惯见到可怕场景的军官在见到阁楼上和楼下地板上红格纹桌布盖着的东西时也没法不动容。农场灰色荒凉的场景已经足够糟糕了，但那两个萎缩的东西则超越了承受的极限。没有人能长时间看着它们，即使是那位法医也承认没有必要进行检验了。当然，他还是可以弄些样本回去分析，所以这位医生忙着收集样本——两瓶装着沙尘的烧杯最终被送到了大学的实验室，成为那儿的人心中一个费解的谜题。两个样品在分光镜下都折射出不同寻常的光谱，其中大部分的光谱带都跟去年那块奇怪的陨石一模一样。这个折射光谱的特性在一个月后消失，剩下的沙尘主要成分是碱性磷酸盐和碳酸盐。

如果埃米当时知道他们会在那儿做些什么，就不会告诉他们关于那口井的事。天快黑了，他急于离开。但他禁不住紧张地瞥了一眼盖在井上的石板，当一个警探询问他时，他承认纳厄姆害怕那里面的某种东西，所以他甚至从来没想过要寻找默温或泽纳斯。现在做什么都没有用了，他们抽干了井开始搜查，所以埃米不得不一边颤抖着等待一边看着一桶桶恶臭的水被打起来倒在浸透的地面上。男人们闻着污水那恶心的味道，到最后他们再也受不了了，全都捂住了自己的鼻子。这项工作用的时间并不像他们担心的那么长，因为水位非常低。没有必要再描述他们找到的东西了。默温和泽纳斯都在那儿，虽然剩下的多半是骨头。还有处于相同状态的一头小鹿和一只大狗，还有一些小动物的骨头。井底的淤泥奇怪地满是气孔，不断地冒着泡泡。有人用一根长杆插下去试探，结果发现那根木杆可以伸至井底淤泥中的任何深度，而且没有遇到任何固体的阻塞。

暮色降临，人们把灯从屋子里拿出来。然后，当看到井里再也没有什么东西的时候，所有人回到了室内，在那间古老的起居室内商讨。半圆形的月亮犹如幽灵般将断断续续的光芒无力地散播在荒凉的灰色大地上。人们坦率地说，整个案件完全没有解决，也找不到令人信服的共同因素来将蔬菜的奇异状况，家畜和人类的未知疾病，以及默温和泽纳斯在受污染的井里无法解释的死亡联系在一起。他们的确都听到了乡间广为流传的说法，但不能相信发生了任何违背自然规律的事情。毫无疑问，陨石毒害了土壤，但要知道他们并没有吃过那块地里长出来的任何东西。也许整件事和那口井里的水有关，分析一下井水可能会对事情有所帮助，不过又会是何等的疯狂才会让纳厄姆的两个儿子都跳进了井里呢？他们的行径是如此相似，从残骸来看他们生前也遭遇了同样的灰化碎裂过程。为什么所有的一切都会变成灰色和碎裂呢？

坐在窗户旁边俯瞰庭院的验尸官，首先注意到了井的辉光。此时天已经完全黑下来了，该死的泥地上到处在闪着微光，那并非断续的月光，而是比其更加明亮和清晰的光芒，如同探照灯所发出的柔和光线。清空水池形成的水洼反射出暗淡的倒影。光亮的颜色很奇怪，当所有的人聚集在窗口观看时，埃米猛烈地颤抖了一下，因为他对这种可怕的瘴气所带来的奇怪颜色并不陌生，在两个夏天之前，他便已在那块镶嵌在陨石中心的彩色小球上见过这种颜色，在春天疯长的那些植物身上见过，而且就在今天早上那间发生过无法言状之事的、被钉住窗户的可怕阁楼房间里也见过——当时它在窗户边上闪现了一秒左右，然后便化作一道湿冷的蒸汽和他擦身而过——而可怜的纳厄姆便是被这可憎的颜色夺走了生命。他在临终之前还这样说："它就像那个彩球和那些植物……"在此之后院子里的马被吓跑了，井里也传来了水溅出的声音。现在，那口吓人的水井正对着天空喷射着苍白而邪恶的光芒。

在这一点上埃米的警觉性值得称赞，即使在那紧张的时刻，他也对一个科学上的观点感到困惑。他不禁纳闷，他从白天的一缕雾气中透过一扇对着清晨天空的窗户，从夜间的气流中看到了同样的现象，它们被视为一种磷光的薄雾，笼罩着黑色而枯萎的风景。这是不对的——这违反了自然规律——他想到了他那受伤的朋友可怕的遗言，"它来自跟这里完全不同的地方……有一位教授这样说过……"

被拴在路边两棵枯萎的树上的三匹马，正在嘶鸣着，疯狂地抓着地面。马车夫朝门口跑去打算做点什么，但埃米把一只颤抖的手放在他的肩膀上。“不要出去，”他低声说，“外面发生的事情是我们无法理解的。纳厄姆说过，井里住着会吸走生命的东西。他说那肯定是从去年六月份掉下来的那块陨石中的圆球里生长出来的。纳厄姆还说，它吸收生命后会燃烧起来，最后变成彩色的雾气，就像现在外面的光一样，你既看不清楚，也说不清它到底是什么。纳厄姆认为它靠吸收一切活物来生存，并且变得越来越强大，他说他上周见过这东西，它肯定是从天上很远的地方来的，去年那些大学教授中也有人说过，这种东西生长出来的样子和运动绝对不是上帝创造出来的，它来自更加遥远的世界。”

屋里的人们犹豫不决地停了下来，这时水井射出的光芒正变得越来越强，三匹被拴着的马疯狂地嘶鸣和踢蹬着。这真是个可怕的时刻：这幢被诅咒的老房子本身就够恐怖的，屋子里还放着四具怪异的残骸——其中两具来自屋内，两具来自井里。而在木屋后面，水井深处的泥泞正射出未知的邪恶虹光。埃米及时阻止了马车夫的一时冲动，但他忘记了自己在阁楼上被湿冷的彩色蒸汽擦到时并没有受到伤害，不过他这样做倒也没有什么坏处，没有人真正明白那天晚上外面到底发生了什么事，尽管至今为止，那个来自遥远世界的亵渎之物还未曾伤害到任何意志没有被削弱的人，但谁也说不准它会不会在最后时刻做出什么可怕的事情来。它即将把自己增强了的力量和特殊的目的展现在被云遮去一半的月光所照耀的天空之下。

突然，一个靠近窗户的警探发出了一声短而尖锐的叫声，其他人都望向他，并且顺着他的视线愣住了。关于阿卡姆的那个乡村传言的真假已经没有必要再做争论了，眼前发生的事情已经说明了一切。后来当晚所有参加过这次行动的人一致决定永远不在阿卡姆提起关于“怪异时日”发生的任何事。必须说明的是，当晚那个时间并没有刮风——虽然不久后确实刮起了大风——但当时绝对没有半丝风，无论是残存下来的那些干枯篱笆，或是停靠在庭院里的马车车顶的边缘都没有丝毫拂动。然而就在这紧张而怪异的静谧中，院子里所有树木又长又秃的树枝都在挪动，它们病态且间歇性地扭动着，像是得了癫痫般痉挛地对着月光下的云朵疯狂地动着，在带毒的空气中虚弱地乱抓，仿佛它们那黑色的树根正在地下跟某些扭动着的恐怖之物纠缠着。

有好几秒钟所有人都屏着气。然后一片深色的云掠过月亮，卷曲的树枝的剪影有那么一会儿淡了下去。但大家反而一齐惊呼了起来，他们的声音因为惊恐而显得压抑和沙哑，听起来几乎完全相同。但恐怖并没有随着剪影而褪色，在可怕的黑暗时刻，人们看到树梢上蠕动着上千点微弱的光芒，这些邪恶的光点密布在树枝各处，就像是圣灵节降临到圣徒们头上的火焰。它们散发着非自然的异常光芒，如同一大群被尸体喂饱的萤火虫，在受诅咒的沼泽上跳着地狱般的萨拉班德舞。埃米对这种光芒的颜色并不陌生，它正是从遥远宇宙的无名之处降临而来的色彩。与此同时，从那口水井里射出的光柱正越来越强，这令挤在屋里的人们产生了一种世界毁灭的巨大恐怖感，胜过他们正常的大脑所能想象的一切。那光芒已经不只是向外射出，而是喷涌而出，宛如一条无形的急流，夹带着这种无可名状的颜色，朝着天空直奔而去。

兽医颤抖着走到前门，给门加上一道额外的厚重门闩。埃米也在颤抖着，他想让大家注意到树木的亮度正在增大，不过因为过度惊恐而发不出声音，他只好拉住别人指给他们看。外面那群马的嘶鸣和踢蹬变得极端恐怖，但是躲在老屋中的人却没有一个敢向前踏出一步。随着时间的推移，树上的光线变得越来越亮，而焦躁的树枝也像是在不断绷紧，几乎都快要变成直线了。水井边缘的木圈也在发光，一位警察无声地指着西侧石墙附近的几间木棚和蜂房，它们现在也开始发光了，不过这群访客们乘坐的马车倒是暂时还没有受到影响。接着，路上传来一阵狂乱的嘶叫和嘈杂的马蹄声，埃米熄灭了手上的油灯以便看得更加清楚点。他们意识到，那些已经开始发狂的马匹挣断了树桩，拖着双座敞篷马车逃掉了。

这次冲击使几条舌头松弛下来，能够说话了，他们交换了尴尬的耳语。“它传染了这附近所有的有机物。”验尸官喃喃自语，没有人回答他，曾经去过井边的人暗示他的长棍一定搅起了一些无形的东西。“太可怕了，”他补充道，“这口井根本没有底，只有软泥和气泡渗出来，还有种有什么东西潜伏在那里的感觉。”埃米的马仍然在外面的道路上震耳欲聋地嘶鸣着，几乎淹没了它的主人微弱的颤抖和咕哝声。“它是从那块陨石里出来的……然后在井底长大……它逮住一切有生命的东西……然后吸食掉他们的生命和精神……先是撒迪，然后是默温和泽纳斯，还有娜碧，最后是纳厄姆……他们都喝过井里的水……它吃掉了他们后得到更强的力量……它是从遥远的彼方来的，那里的一切和这里完全不同……现在它要回去了……”

此时，有一股未知颜色的光柱突然变强，开始编织成某种无法明确表示的形状——对此每个目睹的人都有着截然不同的描述。随后，那匹被拴住的可怜马匹“英雄”发出了一声惨叫，那是从古至今人们听到的、马匹所能发出的最凄厉的惨叫。每一个躲在屋里的人都捂住了他们的耳朵，埃米更是因为恐怖和恶心而离开了窗口。这一切简直无法用言语来形容——当埃米往外看时，那匹不幸的动物已经缩成一团，在被月光照亮的地面上，动也不动地躺在四分五裂的马车车轴之间。可怜的“英雄”直到第二天才被人埋葬，当时大家都非常紧张，所有人都没空去处理它。一个警察低声地提醒大家，那些恐怖之物已经侵入这个房间了。在没有灯光的情况下，屋里的人可以很清楚地看到整个房间陷入一种微弱的磷光之中：宽木板铺成的地面与破裂的地毯在发光，就连窗户那窄小的木框也在发光。磷光很快蔓延到裸露的角柱和附近的木架与壁炉之上，甚至是四周的每一扇门和家具；光芒每隔一分钟就增强一点。很明显，健康的活物必须离开这座屋子了。

埃米带着他们从后门穿过牧场小路到了十英亩的田野上。他们就像在噩梦中一般跌跌撞撞地行走，直到远方的高地上才敢回头。他们很高兴走这条路，因为他们不能走屋前的那条路。路过那些闪闪发光的谷仓和棚子；那些闪闪发光，带着锯齿状、凶恶的轮廓的果树。真是够糟糕的了，但谢天谢地，树枝只是向上扭曲着。当月亮被乌云遮掩起来的时候，这群人正好越过了查普曼斯小溪上的独木桥，不过之后的路程他们只好摸黑而行了。

当他们回头望向山谷和远处加德纳家的农场时，看到了可怕的景象。整个农场，树木、建筑物，甚至并没有完全发灰变脆的牧草，都闪烁着可怕的未知色彩。树枝正奋力向上伸展，末梢处则燃烧着邪恶的火苗，还有一条条同样可怖的火焰摇晃着蹿向房梁、谷仓和棚屋。这场景好像富泽利的画作一样，潜藏在井底的神秘毒气凌驾在一切之上，它闪烁着怪异的光芒，以无可言喻的颜色构建出一道扭曲的彩虹——它沸腾、感触、舔舐、延伸、闪烁、变形，邪恶地冒着泡沫，一切全按照它那难以辨认的星之色彩法则进行。

然后，毫无预警地，这可怕的东西像火箭或流星一样垂直地向天空射去，在任何人能喘息或呼喊之前，就消失在云层中一个奇怪而规则的洞里，没有留下任何痕迹。看见的人不可能忘记那景象的，埃米茫然地望着在天空中闪烁的天鹅星座，无可言喻的色彩就是在“天津四”的位置融入银河的。但是下一刻他的视线被山谷中的噼啪声吸引回地上。事情就是这样异常，所有在场的人都可以发誓作证，在山谷中只有噼啪作响的木头裂开声，却没有任何爆炸的现象。然而结局却是一样的，因为在一个狂热的、如同万花筒般的瞬间，从那个注定毁灭的农场中迸发出一种令人毛骨悚然的不自然的火花，某种东西爆炸了。那亮光让看到它的人眼睛作痛。浓烟夹杂着碎片冲向高空，那颜色怪异到令人恐惧，显然它们绝对不属于我们这个宇宙。这些不祥之物聚成一团，沿着刚才那病态的东西留下的轨迹而去，很快也消失在无边的夜空之中。在这行人面前只剩下深沉的夜色与噩梦般的气氛，他们没有胆量再回去看个究竟。风刮得越来越大，仿佛就像是从星际降下的阴风，疯狂地咆哮着、抽打着田野和树木。浑身颤抖的人们马上意识到，今晚是等不到月亮重新出来照亮纳厄姆的农场，好让他们看清那里还有啥剩下的了。

这七个摇摇晃晃的人沿着向北的路朝阿卡姆跋涉，他们太害怕了，甚至不敢提出任何见解。埃米被吓得更严重，恳求他的同伴和他一起回到自己的厨房，而不是直接进城。他不想独自穿过那片被风吹过的树林，走大路回家。因为他有着一种额外的恐惧感，并且令他在长远的未来一直为此备受折磨——他一直没有对那些同伴说过，就在刚刚狂风大作的时候，就在其他人都因为恐怖而别过脑袋去的时候，只有他勇敢地朝着山谷底下他那不幸朋友一家曾经居住过的暗淡山谷看了一眼。在那遥远的地方，他看到了什么东西微弱地升起来，但随后又跌落回去——跌落的地方正是不久之前那个巨大的无形之物冲上云霄之前的所在。它仅仅是一种颜色，但不是来自我们的地球或天空的。因为埃米知道这种颜色，并且知道最后一个微弱的残余物仍然潜伏在井里，从那以后，他一直都不太对劲。

埃米再也不会靠近那个地方了。自从那件恐怖的事发生以来，已经过去了半个多世纪，但他再也没有去过那里，当新的水库把它淹没的时候，他会很高兴的。我也会很高兴，因为我不喜欢阳光照在我经过的那口废弃井口时产生的颜色。我希望水永远都很深，但即使如此，我也绝不会喝它。我想我以后不会去阿卡姆了。第二天早晨，和埃米一起的人中有三个在天亮前回来看废墟，但那里没有真正的废墟。只有烟囱的砖头，地窖的石头，到处都是矿物和金属垃圾，还有那口邪恶的井的井沿。他们把埃米死去的马拖走埋了，把马车还给了他——一切活着的东西都死了。剩下的是五英亩被灰色沙尘淹没的不毛之地，而且从那之后这个地方再也没有长出过任何活物。到今天为止它都像是在树林和田野中被腐蚀出来的一处黑点，独自面朝天空裸露着。少数几个敢于在听过乡村的传闻之后来看一眼的人给它起了个名字——“枯萎荒原”。

乡村的流言总是怪诞的。如果城市的人和大学化学家们对这个废弃的井里的水，或者没被风驱散的灰烬进行分析的话，可能会发现它们很奇怪。植物学家也应该研究那个地方的植物区系，因为它们可能会让人们认识到，枯萎病每年都在扩散——一点一点地，每年一英寸左右。人们说附近的牧草在春天的颜色不太正常，而野生动物在冬天浅浅的雪地里留下奇怪的脚印。在“枯萎荒原”上，雪似乎不会下得很大。在这个汽车时代，马匹在这个寂静的山谷里很容易就激动起来；猎狗在接近这片灰色地区的时候也会嗅觉失灵。

他们说这个地方对人们的心理影响也很糟糕。在纳厄姆死后的几年里，许多人都变得不正常了，他们总没有能力下定决心离开，然后那些意志坚强的人都离开了这个地区，只有外国人试图在这个破败的地方生活。不过他们全都待不长，那些异乡人埋怨说，这个鬼地方给了他们某种人类无法容忍的直觉，山谷那古怪的模样引发了他们病态的联想，就连夜里做的梦也全是可怕至极的梦魇。在这些深谷里，没有一个旅行者能逃脱一种奇怪的感觉，艺术家们在描绘厚厚的树林时常常颤抖，它们的神秘不仅是视觉上的，也是心理上的。我在还没有听埃米讲述这个故事之前就单独经过那个地方，当时我感受到的惊怖便大约如此——每当黄昏到来之际，我总是下意识地希望天空变得阴霾，好将自己对头顶空荡无际的苍空的那种深入灵魂的胆怯驱赶出去。

不要再询问我的观点了，因为我也不知道——这就是一切了。除埃米之外我不能问任何人，因为阿卡姆人不会讨论“怪异时日”，那三个见到那颗陨石和其中的彩色球的教授都死了。根据这些情况，陨石里面绝对不止一颗彩球，它们当中的一只获取到足够养分后离开了，但还有其他的彩球没能及时跟着离开，毫无疑问它仍然留在井底——当我看见那口充满毒气的水井边缘上的光时就明白了这一点。村民们说枯萎的面积每年都在扩大，所以说不定那个东西还在慢慢地成长着。无论什么样的恶魔寄居在那里，显然它都需要依附在别的东西之上，否则它便会很快消散掉。它是否寄居在那些树枝向天升起的树木根部——现在阿卡姆有一个传言便是那些粗壮的橡树会在夜里发光和无风自动。

只有上帝知道那是什么。就物理方面来看，我认为埃米所描述的东西应该是种气体，但是这种气体服从的不是我们宇宙的定律。它不是我们天文台的望远镜和感光板所能观测到的恒星和宇宙的产物，也绝非天文学家们能够测量到的动量与向量的气流，它只是一种来自外层空间的色彩——来自我们所知道的自然界之外无边领域的一个可怕信使，仅仅是获知它的来源就足以让我们的大脑麻痹，在我们的眼前展开超越宇宙的黑色峡谷，使我们的四肢僵硬。

我不怀疑埃米有意要欺骗我，也不觉得他的故事像乡下人预先警告我的那样全是疯狂的呓语。有什么糟糕的东西随着那颗陨石来到了山谷里，有些可怕的东西——虽然我还不知道到底还有多少——仍然留在这儿。我将很乐意看到水库开闸的那天。此外，我也希望埃米不会遭遇到任何不幸的事情，他看到的太多了——而那个东西的影响力又是如此隐秘。为什么他始终无法搬走？要知道他对纳厄姆的遗言是记得那么地清楚："没法离开……它吸住了你……你知道有东西来了，但也没有用……"埃米是这样一个好老头，等到水库的工程队开始施工时我一定要写信给首席工程师，让他帮忙照顾埃米。我可不想看到他也变成一个又灰又脆的畸形怪物——这个画面越来越让我难以入睡。

# The Haunter of the Dark

# 夜魔

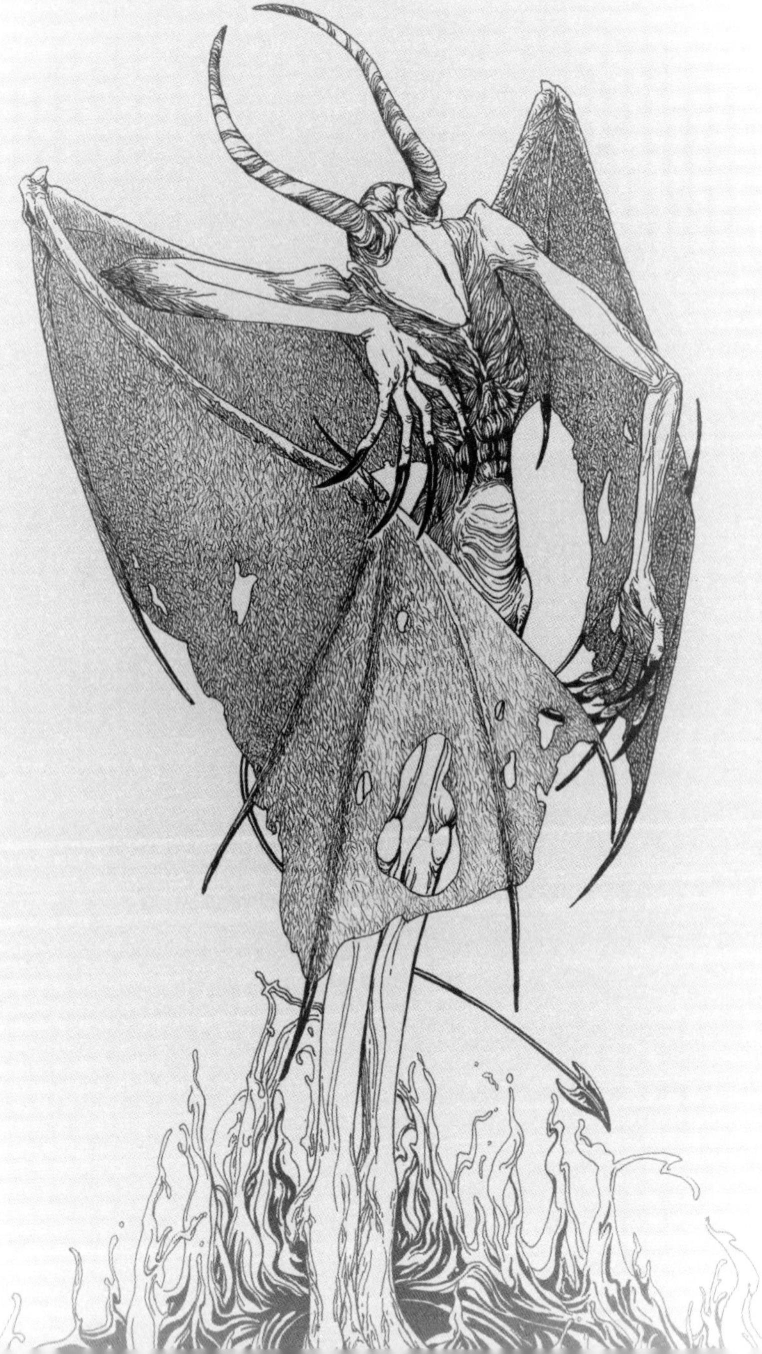

我看见漆黑宇宙裂开巨缝，

无数昏暗星球漫无规律地运转——

它们在尚未察觉的恐惧中转动，无所知、无光泽，亦无名无姓。

——《涅墨西斯[1]》

公众普遍认为罗伯特·布莱克死于雷电，或是某种因被电引起的严重神经性休克，谨慎的侦查人员对这一说法并未贸然提出疑问。确实，布莱克面前的窗户未曾破损，而且大自然也总能出乎人类意料地制造很多反常而奇特的现象，不是吗？很显然，从死者扭曲的面部表情来看，他的死亡并不像是因为看到了某种令人惊愕的景象，而是受到不明的强大外力所致。让人疑惑不解的是，从死者遗留的日记看来，他受当地迷信及个人偶然发现

①希腊神话中的复仇女神。

所影响，产生了很多荒谬的想象。至于联邦山山顶那座废弃教堂的异常情况——精明的分析者将之归咎于江湖骗子有意或无意的蒙混欺瞒。总之，这次的意外死亡事件必定与死者本人有着某种神秘的关联。

受害人布莱克是一名致力于研究神话、梦境、恐怖传说和迷信的作家兼画家，对幽灵等奇异事物十分痴迷。他早年居住在城市，并拜访过一个颇好此道的古怪老头。那老头最终离奇地死于熊熊烈焰中。布莱克无疑是出于某种病态的本能才离开老家密尔沃基的。他可能知晓一些古老的传说，虽然在日记中他否认了这一点，他的死很可能会把某些意图在文学界引起轰动的惊天骗局扼杀在摇篮里。

尽管如此，有少部分人在研究完相关证据后仍固守那套不太合理的陈腐理论。他们倾向于布莱克日记的字面意思，并提出了几个有力证据：有关古老教堂的记录绝对没有造假；经证实，1877 年以前出现的、不被大众接受的异教“星慧教”今天依旧存在；一名好追根究底的记者埃德温·M. 李利布里吉在 1877 年失踪，年轻作家死时脸部扭曲、表情恐怖。有人把在教堂尖塔发现的一块怪异的、有角的石头连同装饰奇特的金属盒一同扔进了海湾，根据布莱克的日记记载，这个盒子应该在钟楼，而不是被放在没有窗户的教堂尖顶里。不管是公开场合还是在私底下，人们都讨厌他，布莱克——这名酷爱古老传说的知名内科医师——却声称自己为地球居民除去了某种十分危险的东西。读者需在这两派意见中做出自己的选择。本文站在怀疑的视角客观交代了整个事件确切的细节，只待旁人根据罗伯特·布莱克所看到的——或是他认为自己所看到的——抑或是他假装自己所看到的，重现当时的情景。现在，让我们仔细、冷静和从容地研究这本日记，从主人公详尽的叙述中整理出事件的隐秘线索。

年轻的布莱克在1934至1935年的冬天回到普罗维登斯，暂居在一座古老寓所的楼上，寓所位于大东山顶学院街外一个绿草院落中，正好位于布朗大学约翰·海伊图书馆背面。这里环境舒适、景色宜人，仿佛是古代村落里的绿洲花园，园中阴凉处有几只模样和善、体态肥胖的猫正在仰卧着晒太阳。这是一座乔治风格的公寓，讲究对称、庄严、通风屋盖、扇形雕饰的古典门廊、规律的小方格窗，其他19世纪早期建筑风格的特征也在这座公寓里有所体现。公寓里面有六格嵌板门、宽地板、殖民时期的螺旋形楼梯和亚当风格的白色壁炉台，在寓所后部、室内水平线以下三个台阶的位置是并排着的房间。

西南方向那个很大的房间是布莱克的书房，可以正面俯瞰整个花园。书房向西的窗户下摆着书桌，从这个窗口向外望，能看到整个小镇一个接一个的屋顶，夕阳西下时如烈焰燃烧的天空，再远一点还能模糊辨认出紫色的一片是当地村民的屋顶。大约两英里以外的联邦山格外显眼，那座小山丘有点邪气，和林立的屋顶及塔尖耸成一堆，在偏僻的远方勾勒出一幅神秘的轮廓，仿佛还在微微颤动。尤其是当小镇上空盘旋的袅袅烟雾和联邦山交织在一起时，更显出一番美得让人难以置信的奇妙景象。布莱克居然常常想：如果自己真的找到了那座神奇的山峰并亲自去看看，那么在他眼前这个未知的、如天堂般飘逸的世界可能会从他的梦境里消失，或许也不一定。

布莱克写信让家人把他的大部分书籍邮递到新寓所，又购置了几件风格相称的古董家具，一切准备妥当后就开始写作和绘画——他独居于此，自己操持简单的家务。画室在北面的小阁屋，头顶便是用于通风的玻璃窗，采光很好。布莱克在搬入新居的第一个冬季创作出了自己最知名的五部短篇小说——《地下掘洞者》《地窖里的阶梯》《夏盖》《在纳斯谷》《来自星星的欢宴者》——还绘制了七幅油画，专门描绘不可名状的非人怪物和陌生的非地球景观。

每到日落时分，布莱克都会坐到书桌旁，神情迷离地盯着宽广无垠的西方——正下方是纪念馆的黑色塔群、乔治风格政府大楼的钟塔、城中心高高的尖顶，远方是发着微光的小山，山顶的钟楼和当地陌生的街道、错综复杂的三角墙……这一切都深深激起他无限的幻想。布莱克在当地的熟人寥寥可数，他从他们那里打听到，远方山坡是一处庞大的意大利人聚居地，尽管当地的很多房屋是当年新英格兰人和爱尔兰移民遗留下来的。他会不时用双筒望远镜透过盘旋的烟雾眺望远方的神秘小山，那里遥不可及，似乎有幽灵游荡。他可以分辨出每座民宅的屋顶和烟囱、每个尖塔，并猜测那些房屋里是否同样藏有奇特神秘的东西。虽然借助了光学辅助工具，但布莱克眼中的联邦山依然是陌生的，就像存在于古老的传说中或存在于他笔下故事和绘画中的那些虚幻无形的神秘事物。这种感觉竟一直回荡在布莱克的脑海里，久久不散。当盏盏街灯点亮时，魂牵梦萦的小山也逐渐消失在紫罗兰色的黄昏中，政府大楼的泛光灯和工业托拉斯灯塔的红色信号灯也依次点亮，在幽深的夜晚更显神秘和怪异。

要说联邦山上最令布莱克痴迷的景观，非那座昏暗的大教堂莫属。教堂的轮廓在每天特定的时间段显得尤其清晰，一到日落时分，雄伟的钟楼和它那锥形尖塔就在红艳艳的天幕中若隐若现地勾勒出黑色的轮廓。据推断，教堂应该是坐落在地势险峻的至高处。教堂外观肮脏不堪，北面山坡上倾斜的屋顶和垂直突出的窗户从周围的树木和烟囱群中凸显出来，别有一番冷酷严峻的气势。它看上去是由石块堆砌而成的。经历了一个多世纪的洗礼，先是被烟雾上色，又在暴风雨的冲刷下褪去了颜色。从窗户玻璃的造型来看，它属于哥特复兴式建筑，先于厄普约翰庄严的建筑风格，从教堂的部分轮廓和设计比例来看又有乔治风格，估计是修建于1810至1815年。

好几个月过去了，布莱克对那座遥远而令人生畏的建筑居然越发感兴趣。那教堂估计早已废弃不用，因为从它的大窗户里从未透出过光亮。布莱克每天看的时间越久，想象力也奔驰得越远，直到有一天他开始产生古怪的幻想，竟相信教堂上方徘徊着一股模糊却非凡的荒凉气息。一般情况下，没有鸽子燕子之类的飞鸟会在被熏黑了的屋檐上栖息，相反，教堂周围的高塔和钟楼上却有大群飞鸟停下来歇脚。反正，布莱克是这样想的，并将之记录在日记中。他曾经把远方的教堂指给几个朋友看过，但从没有人到过联邦山，也未曾听说过山上有座教堂或曾经有座教堂。

春天一到，布莱克越发感到坐立不安。他开始着手创作自己酝酿已久的小说——关于缅因州的女巫崇拜……可这个故事却迟迟没有进展。每每文思枯竭之时，他就坐到这扇向西的窗户旁，凝视远方的小山和被飞鸟遮蔽的黑色尖塔。春风吹拂下，花园中的树木长出纤细的新叶，整个世界也呈现出欣欣向荣的蓬勃生机，但布莱克的不安却一个劲儿地猛涨。此时，他萌生了一个念头，他要穿过城市，亲自爬上山坡看一眼让自己魂牵梦绕的神奇之地。

四月下旬，恰逢沃尔帕吉斯夜①的前夕，布莱克开始了自己探寻未知之地的旅程。他吃力地行走在漫长、仿佛没有尽头的城市街道，穿过一块块衰败的空地，又依次走过历经百年风霜的古老台阶、下沉的多立克柱式②门廊、模糊的圆屋顶玻璃。他强烈地感觉到：前方的路正把他引向迷雾外那早已熟知却又遥不可及的目的地。道路两旁那些蓝白相间的指示牌对他来说毫无意义，川流不息的人群不知何时已变成他不熟悉的深色面孔，褐色、

---

① 4 月 30 日晚，在中世纪的传说中为魔女之夜。

②多立克柱式（Doric Order）：是古典建筑的三种柱式中出现最早的一种（公元前 7 世纪）。源于古希腊，一般都建在阶座之上，特点是柱头是个倒圆锥台，没有柱基。——编者注

破败的建筑群中有一间间充满异域风情的小商铺，商铺名号全是陌生的文字。很奇怪，布莱克此时此地的见闻与他在远处窗口看到的景象完全不同，他由此推论，自己遥望联邦山时所见的远景只存在于梦境中，活着的人根本无法寻找到并置身其中。

一路上，布莱克不时会看到残存的教堂遗址、碎裂的尖塔，却没有看到自己要找的那个被熏黑的建筑物。他向一位商店老板打听附近是否有一座雄伟的石砌教堂，老板虽然能说一口流利的英语，却只是笑着摇了摇头。布莱克越往山顶爬，越发觉周围的环境变得更加怪异，迷宫般交错的复杂街道似乎全都通向南方。他穿过两三条较为宽广的大道，中途仿佛瞥到一座熟悉的高塔，于是再次向一个商人询问附近是否有一座雄伟的石砌教堂。商人说不知道，但很明显是在撒谎，因为那名深色皮肤男子的脸上掠过一丝掩饰不住的惧色，布莱克还看见男子用右手奇怪地比画了一下。

布莱克走着走着，发现在自己左方、阴沉沉的天空下远远地突然出现了一座黑色尖塔，尖塔比层层叠叠的褐色屋顶要高出许多，这些房屋都是沿着纵横交错的南向街道而修建的。他一眼就认出了它，立马穿过好几条未铺设的肮脏小径直奔而去，途中还有两次迷了路，但他再也不敢向任何一名老人、坐在门口的村妇，或是在林荫道的污泥坑中呼喊玩耍的小孩问路。

终于，布莱克看见钟楼清清楚楚地屹立在他的西南方，一团黑漆漆的建筑物就在街道的尽头耸立着。他站在四面通风的广场上，广场上点缀着许多鹅卵石，不远处还有高高的石墙。这里就是布莱克此次探寻的终点。空旷开阔的高地杂草丛生，四周设有铁栅栏——街道 6 英尺以外的地方是一个单独的小世界——里面有一个阴森、巨大的石砌建筑，布莱克很确定在他面前的就是自己日思夜想的神秘之地。

这座废弃的教堂摇摇欲坠，有几面高石扶壁已经坍塌，几个精致的尖塔装饰掉落在棕黄色的杂草丛中。被熏黑的哥特式窗户的石制窗棂许多都已不见，但主体大致完好无损。布莱克很惊奇这些图案晦涩的窗户怎能经久长存，要知道当地有好些顽皮淘气的小男孩。教堂大门紧锁，紧紧包围着教堂的高墙外还有一圈锈迹斑斑的铁栅栏——空地往上是一小段阶梯，阶梯顶端通向铁栅栏的小门很明显被人上了锁。从栅栏到教堂的小径被疯狂生长的野草堵得严严实实。荒凉和腐朽犹如棺材盖一般笼罩着这个与世隔绝的小世界，竟然没有一只鸟在屋檐上停歇，就连常春藤也不敢攀上高墙，这一切让布莱克感到些许不可名状的不祥之感。

广场上空无一人。布莱克看到北面小路的尽头有一名警察，于是急忙追上前询问关于教堂的情况。这名警察是个身体健壮的爱尔兰人，他在胸前画了个十字，并低声告诉布莱克，当地人从不谈论这座教堂。在布莱克的紧紧追问下，他才匆忙说道，有个意大利牧师告诫大家不要靠近这座教堂，据说里面曾经居住过一个凶暴的魔鬼，魔鬼在里面留下了它的记号。这名爱尔兰警察说自己的父亲至今还能清楚地回忆起儿时听到的种种奇怪声音和诡异谣传。警察讲述道，很久以前有个非常邪恶的教派。这个被查禁的非法教派能够从不为人知的暗夜深渊召唤可怕的东西，据说只有功力高深的教士才能驱除邪魔，也有人说只有光才对邪魔有震慑作用。“如果欧马利神父还活着，他可以告诉我们更多的事情，现在这个秘密被永远埋藏了起来，谁也无从知晓。关于这一邪恶教派的知情人士要么已作古，要么都远走他乡了。1877 年那次变故之后，许多当地人都像受惊的老鼠似的，逃得远远的了。这座教堂因为没有继承人终究会在将来的某一天被新建的城市占领，可是但凡接触了这个教堂的人没有一个有好的下场。最好谁也别来打扰这片清幽之地，就让无情的岁月来颠覆这座摇摇欲坠的建筑吧，否则一些本该永远沉睡在黑暗深渊里的东西将会被唤醒。”警察说道。

警察离开后，布莱克还久久地站在原地盯着这座带有尖塔的建筑物。他很兴奋，原来有很多人和他一样觉察到了这座教堂的凶气。爱尔兰警察反复强调的古老传说背后究竟隐藏了什么惊人的内幕呢？也有可能是当地人根据该地的阴森外景编造了相关故事，但不管怎样，布莱克总是感觉自己仿佛曾经真真切切地亲身经历过这些传说。

下午，天空的云朵渐渐散开，太阳也钻了出来，却总也照不亮耸立在高地上的教堂那肮脏、漆黑的高墙。奇怪的是，春天虽已来到，但铁栅栏围绕的草地依然是一片褐黄色的枯萎景象。布莱克向教堂趋近，一扇扇漆黑的窗户好像散发出不可抵挡的诱惑力，他真希望能在生锈的栅栏圈中找到入口。阶梯上方的栅栏没有入口，好在北边有几根铁栅栏倒了，于是布莱克登上阶梯，打算从栅栏的缺口处进去。如果人们都疯狂地恐惧这个地方，那么应该不会有人来阻拦他。

布莱克趁没人注意闪进了栅栏另一边，然后悄悄地望了望周围的人，有一两个人小心翼翼地绕着广场边走，同时用右手做了个奇怪的手势，和之前在街上遇到的那个商店老板做的手势一模一样。几扇窗户被砰的关上，一个肥胖的妇女飞快地冲到街上，把几个小孩拖进一间摇摇晃晃的房里。栅栏的缺口很容易进入，不一会儿，布莱克就发现自己已经费力地走在野草交杂、散发着腐烂气息的荒凉院落里。很久很久以前，这个院落应该是一片坟地，随地可见残损的墓碑石块。布莱克走近教堂，丝毫没有因为垂直高耸的巨石感到压抑，他走上前试了试正前方的三扇大门，都紧锁着。于是他又绕着教堂走了一圈，试图寻找一些小一点的入口。即使在当时，布莱克也不清楚他是否想要继续走进这个荒凉和阴影交互笼罩的阴森之地，但是一股奇怪的力量仿佛在无意识地指引着他一直向前。

教堂后部的墙上有一道裂缝和一扇未安装保护设施的地下室窗户，这为布莱克提供了绝妙的机会。他向里窥视，里面层叠的蜘蛛网和厚积的灰尘在夕阳的照耀下发出微光，残骸、旧木桶、破损的盒子以及各种各样的旧家具映入眼帘。每件物品表面都积满厚厚的灰尘，原本锋利的轮廓也变得柔和了许多。室内有一个热风暖气炉的残骸，可以看出直到维多利亚时代中期这里都有人居住和使用。

布莱克几乎想都没想就从窗户里钻了进去，跳到满是灰尘与残骸的水泥地板上。这间拱形地下室面积很大，也没有划分小隔间，他远远地看到右边屋角那密集的阴影下有一扇黑色拱门通向楼上。布莱克自打走进这座似有幽灵出没的建筑后就感到一股奇怪的压迫感，但他尽力克制自己的情绪，继续到处搜索——他发现一个密封完好的木桶，随即把它滚到刚才那扇打开的窗户前，这样他才感到自己还是处在现实世界里。接着，布莱克鼓足勇气穿过一层又一层蜘蛛网，终于走到了拱门前，他几乎快被无处不在的灰尘呛得窒息，全身也挂满了鬼魂似的蛛网。现在，他开始攀登那段消失在无尽黑暗中的楼梯了。布莱克没有灯，只能用手摸索着小心向前行进。转过一个弯，前方有扇锁着的门，他用双手试探了一番，原来是古时的门闩，他推开门，看见一段被微微照亮的走廊，走廊两旁镶着破败不堪的嵌板。

到了一楼，布莱克立刻开始四处搜寻，里面的门都是开着的，他自由地在各个房间来回穿梭。教堂的中殿尤其怪异，堆积得犹如小山般的灰尘布满了黄杨木长凳、祭坛、讲道坛和传声共鸣板，一张张巨大的蜘蛛网伸展在走廊的各扇拱门之间，一根根哥特式圆柱的柱身也被厚厚的蛛网紧紧缠绕着。逐渐西沉的落日照进教堂的半圆形大窗，日光透过漆黑怪异的窗玻璃变成了一道丑恶的铅灰色亮光，映射在这片安静的荒凉之地。

教堂窗户上的图案被黑烟熏得模糊不堪，连布莱克也难以辨认它们代表什么意思，唯一可以确定的是这些图案一点也不讨人喜欢。布莱克根据自己对晦涩的象征主义的一些了解，推断这里大部分都是传统的设计，应该属于古代的格局布置。其中有一两幅圣徒的画像，其绘画手法很是值得争议，透过其中一扇窗户似乎可以看到黑兮兮的背景下有一个螺旋状的发光体光芒四射。布莱克转过身来，猛地意识到圣坛上方的蛛网和普通的蛛网很不同，其形状类似远古时代的T形十字章或是古埃及一种顶上有圈的T形十字架。

教堂半圆形后殿的旁边是一间小礼拜室，里面有一张腐朽欲坠的书桌，还有一个高及天花板的大书架，书架上摆着霉迹斑斑、破损不堪的书籍。这些书全是被禁止的黑暗隐秘书籍，单是书名就让布莱克第一次感觉到实实在在的恐怖。大部分神智正常的人从未听说过这些书，即使听说过，恐怕也是在私底下胆怯地耳语。这些邪书里写满了模棱两可、被诅咒的可怕秘密，其中一本记载了上古时期的邪教祭祀致辞，如同汩汩的溪水，缓缓流过传说中人类出现以前的时光，一直流淌到如今人类繁盛的青壮年时光。布莱克之前看过为数不少的这类书籍——有令人憎恶的拉丁文版的《死灵之书》、邪恶的《伊波恩之书》、德雷特伯爵臭名昭著的《尸食教典仪》、冯·容兹的《无名祭祀书》、老路德维希·蒲林的《蠕虫之秘密》。这里还收藏有布莱克听说过但没看过的和一些从未耳闻的书，比如《纳克特手抄本》《德基安之书》，还有一卷用不知名语言写成的斑驳书籍。作为专门研究神秘学的学生，布莱克可以勉强辨认出里面的一些可怕的符号和图示。现在看来，流传在当地人中的恶魔传说并不是毫无根据。这里曾经居住着一个凶暴残忍的恶魔，它比人类的历史还要久远，比已知的宇宙更为宽广。

书架旁边摆着一张书桌，仿佛随时就会坍塌似的，上面摆着一本皮革包边的笔记本，本子里记载着一些奇怪的符码：有沿用至今的普通天文学传统符号，也有仅在古代使用的炼金术、天文学和其他不确定学科方面的符号——如代表太阳、月亮、行星、星座相位和黄道十二宫的符号——这些符号独立成章，并附有文字分段分区的解释说明，每个符号都有对应的字母。

布莱克把记载有密码的笔记本放进外衣口袋带走，打算以后抽时间再参详。还有许多书他也特别感兴趣，打算下次再来借阅。他很不解为什么教堂内的物品能够保存这么长的时间而没被外人破坏。难道自己是六十年来能够克服恐惧情绪、拜访这荒凉之地的第一人？

布莱克把教堂底层仔仔细细探索一番之后，不顾飞扬的灰尘再次从阴森的中殿走到了前厅，他发现一扇小门和一段楼梯，很明显通向教堂上方那被熏黑了的高塔和钟楼——那就是布莱克闲居远方时长久观望、熟悉得不能再熟悉的地方。楼道上积满了厚厚的灰尘，蜘蛛也在这里恣意编织了密集的蛛网，向上攀登时飞扬的尘土几乎使他窒息。这段螺旋状的楼梯踏板极窄，踏板间距极高，他不时会经过一扇阴暗的窗户，可以隔着窗玻璃模糊地俯瞰整个小城。尽管之前在楼下并未看到有鸣钟用的绳索，布莱克还是期望钟楼里有一口大钟，能听到隆隆的响亮钟声穿过尖塔传到远方。他曾经无数次地用双筒望远镜观望这座教堂及其钟楼上狭窄的尖塔百叶窗。看来布莱克这次注定要失望了，当他登上最后一级台阶后，发现钟楼阁屋里没有任何敲钟装置，这间空荡荡的屋子无疑另有用途。

阁屋的面积约 15 平方英尺，仅有的四扇尖塔窗分布四面，只能透进一丝黯淡的光亮，外面安装的百叶窗早已破败不堪。百叶窗外部还有一层严实的、不透光的幕布，幕布也在风雨的侵袭下破烂得不成样子了。阁屋地板上自然是厚厚的尘埃，中央突兀地竖立了一根很奇怪的多角石柱，高 4 英尺，平均直径约 2 英尺，石柱周围粗糙地刻满了奇怪的象形文字，完全无法辨认。石柱顶端放着一个图案不对称的怪异金属盒，用铰链连接着的盒盖是打开着的，盒子里盛满了灰尘，里面有一个类似鸡蛋状或不规则球体状的东西，半径约 4 英寸。围绕石柱呈圈状依次摆着七张哥特式高背椅，从椅子布满灰尘的痕迹看，已经很久没人触碰过。椅子背后摆着七尊巨大的黑色石膏雕像，这些行将破碎的石膏像和智利复活节岛上的巨石人像很类似，黑色石膏像沿着镶有黑色嵌板的墙壁均匀地摆放着。在一个蛛网密集的墙角伸出另一段楼梯，楼梯和墙壁相连，楼梯上方是通往尖塔的活板门。钟楼上方的尖塔没有窗户，漆黑一片。

布莱克逐渐适应了阁屋内微弱的光亮，这才看清那尊怪异的雕像是放在一个开着的泛着黄光的金属盒内，他走过去试着用手帕拂去雕像表面的灰尘，雕像怪异而恐怖，栩栩如生，但其原形绝不是任何一种地球生物。经过擦拭，这个 4 英寸大小的球状物原来是个通体近乎黑色、带有红色条纹的不规则多面体，它要么是某种名贵水晶，要么是经过细致雕刻和打磨的手工矿制品。多面体没有直接接触盒底，而是由盒中央的一根金属条支撑着，周围还有七个设计独特的垂直支撑点，一直对应地垂直延伸至金属盒内壁上端的七个顶角。布莱克被这块类似石头的东西所吸引，一直盯着这个多面体闪闪发光的表面，幻想着是否有个充满奇迹的半成形世界藏于其中。此刻，布莱克的脑海里闪现过一幅幅奇怪的画面：许多陌生的圆球里装有石砌的高塔，另一些圆球则装着生命迹象全无的高大山脉……直到他看到更远处跳跃的点点黑斑若隐若现时，才感到自己的知觉和意识尚未消失。

布莱克好不容易回过神来，把目光移到了别处，看见通往尖塔的石梯旁似乎有个小堆，他也说不出是个什么东西就被吸引了过去，也有可能是他潜意识觉得小堆的轮廓传递了什么秘密信息。他拨开层层蛛网走到小堆跟前，顿时阴森恐怖之感布满全身。布莱克再次用手帕拂开了真相——一具骷髅。这具骷髅应该在这儿已经很长时间了，身上的衣服风化成了碎布条，从纽扣和衣服碎片可以推断是一套灰色男士西服。其他的证据还有鞋、金属扣、袖口的大纽扣、一个旧式的领带夹、一个印有旧“普罗维登斯电报局”字样的记者徽章、一个破旧的皮革封面笔记本。布莱克仔细翻阅了笔记本，发现里面放了几张陈旧的账单，一份 1893 年的赛璐珞广告日历，几张印着“埃德温·M. 李利布里吉”的名片，一本铅笔字迹的备忘录，备忘录下面还另外压着一张纸片。

纸片本身就给人迷惑而不知所措的感觉，于是布莱克借着西方那扇窗户透过的微光，仔细研究起来。纸片上的记载很不连贯，内容如下：

“1844 年 5 月，伊诺克·鲍思教授从埃及返家——6 月买下旧‘自由意志’教堂——他在考古学和神秘学方面取得的成就广为人知。”

“1844 年 12 月 29 日，第四浸礼会的德劳尼博士在布道中警告大家提防‘星慧教’的邪恶势力。”

“截至 1845 年底，共 97 人入教。”

“1846 年，3 人失踪——首次提及‘光辉之偏三八面体’。”

“1848 年，有 7 人失踪——开始流传‘血祭’一说。”

“1853 年的调查无果而终——出现了关于‘怪异声响’的传说。”

“神父欧马利讲述了在伟大的古埃及遗址中所发现的一个盒子与恶魔崇拜有关联？？邪教徒们可召唤一种怕光的东西。这种东西遇微光逃避，遇强光消失，消失后只能重新召唤。神父欧马利可能是从 1849 年加入星慧教的弗兰西斯·X. 菲尼的临终忏悔中得知这些信息的。这些邪教徒称，他们透过光辉之偏三八面体看到了天堂和其他的非人间世界，看到夜魔以某种特殊方式告知教徒邪恶的秘密。”

“1857年，奥林·B.艾迪的故事——教徒们凝视水晶，口中念着他们特有的语言，完成了对‘它’的召唤。”

“1863年，除参军者外，教众达200人。”

“1869年，帕特里克·里根失踪后，一群爱尔兰籍男孩包围了教堂。”

“1872年3月14日的杂志出现了关于含蓄隐秘的相关文章，但人们不敢相互谈论。”

“1876年，有6人失踪——有神秘委员会成员拜访道尔市长。”

“1877年，允诺采取行动——4月份教堂关闭。”

“暴徒团伙——联邦山男孩——威胁××博士——于5月威胁教区代表。”

“1877年的年底之前，有181人离开该城市——无具体姓名记载。”

“1880年左右，鬼怪故事开始流传——试图弄清楚‘1877年后无人进入过该教堂’的报道是否为真。”

“找拉尼根索要于1851年拍摄的照片。”

布莱克把纸片放回笔记本，然后一并装进了外衣口袋。他转过身又望了望尘埃中的骷髅骨架，这名男子在42年前走入这座其他人都不敢靠近的建筑物，希望能找到爆炸性新闻题材。或许都没人知道他的这个计划——此时此刻，一切都无从考证了。记者也再没能回到报社。是不是记者内心努力压制的恐惧感重新抬头，把他吓得突然心力衰竭而死呢？布莱克屈身细细观察这堆有些微亮的骷髅骨，发现了一些怪异现象：一些骨头随意地散开着，少数骨头的顶端处有奇怪的熔化迹象，一部分骨头竟奇怪地呈现出黄色，仿佛燃烧过，一些衣服碎片也有同样的碳化痕迹。死者的头盖骨也有些异常：分布着点点黄斑，顶部有一条被碳化的缝隙，很像是遭受了强酸物质的腐蚀。布莱克简直不敢想象：这具被尘埃寂静埋葬的骷髅骨身上究竟发生过哪些不可思议的事？

还没等布莱克回过神，他的目光又紧紧盯住了那块诡异的水晶石，任凭水晶的奇妙法术在他的脑海里召唤出一片星云状的辉煌盛典。他看见一群穿长袍、戴头巾的非人类轮廓的东西排成长队，看见无边无际的荒漠边上竖立着高耸入云的雕花石柱，看见闪闪发光的紫色阴霾前方飘浮着一缕缕黑色薄雾在太空中打着旋涡。他还瞥见最远处充满了黑暗的无限深渊，只有在微风搅动下的固态和半固态的物质才荡漾可见。呈星云状聚集的力量似乎可以置规律于混沌之上，解答人类世界一切的悖论和秘密。

突然，一阵莫名的恐惧扰乱了布莱克的心智。他咳嗽着转身离开了水晶块，感到身旁有一些无形又可怕的陌生的存在，它正聚精会神地盯着自己看。他觉得自己被某种东西缠上了——那东西并不是来自水晶本身，而是在透过水晶石一直盯着自己——一种会永远缠住他的非物质存在。很显然，这个地方越发让布莱克感到毛骨悚然——他的众多大发现也同样让人不寒而栗。阁楼内的光线在逐渐变弱，由于没有携带照明工具，他知道自己必须尽快离开这个诡异的地方。

布莱克借着黄昏薄暮的微光，觉得自己隐约看到那块角度怪异的水晶石闪现过一道弱弱的光芒。他试图努力控制自己不要去看，可是有一股隐秘的力量驱使他不得不去看。这个东西难道有微弱的磷光辐射？死者笔记本中关于“光辉之偏三八面体”一说究竟是何指？这个宇宙邪魔的废弃藏身地究竟是个什么地方？这时，一阵不可捉摸的恶臭从某个角落散发出来，布莱克一把抓过装有水晶石的金属盒，把开着的盖子咔嗒一声轻松关拢，将散发着微光的小石头严严实实地关进盒子里。

伴随着咔嗒声，头顶被黑暗笼罩的尖塔似乎也响起柔和的骚动声，声音就从不远处的活板门传出。毫无疑问肯定是老鼠在捣乱——它们是布莱克踏入这栋被诅咒的建筑物看到的唯一活物。布莱克几乎要被尖塔传来的骚动声吓晕过去，沿着螺旋状楼梯没命似的往下冲。他穿过恐怖的中殿和拱形地下室，终于跑出教堂，经过昏暗薄暮下的空旷广场，把联邦山地区那热闹、被恐怖气氛笼罩的街道甩在身后，他一直不停向前狂奔，终于回到了自己寓所所在的学院街区。

接下来的许多天里，布莱克对自己的探险之旅只字未提。他阅读了大量的相关书籍，查阅了近几十年的当地报纸新闻，兴趣高昂地钻研那本从布满蜘蛛网的小礼拜室里取出的、用密码写成的皮革封面笔记本。他发现那些密码都不简单，经过相当长时间的努力后，他可以肯定那些密码采用的语言不是来自英语、拉丁语、希腊语、法语、西班牙语、意大利语或德语。很显然，他只有竭尽毕生所学才有可能在密码研究上有所进展。

每个夜晚，布莱克都会再次萌生向西远眺的冲动。之前，他觉得远方黑色的钟楼和周围林立的屋顶一起构成了一个美妙有趣的新世界，而今，远眺钟楼只能带给他活生生的恐惧感。布莱克知道若揭开钟楼的面纱，里面肯定还藏有更多的恶魔传说，他的想象力也以一种前所未有的奇特方式在胸中酝酿沸腾。春天一到，燕子也从异乡飞回来了。布莱克每每看见夕阳下的燕群，便会想象它们定会如往年一般，避开荒凉、孤独的钟楼飞翔。一旦靠近钟楼，燕子们一定会惊慌失措地急转弯，四散飞开——估计是距离相隔太远的缘故，他没能听到燕子们胡乱吵闹的叽叽喳喳声。

布莱克在6月的日记中写道，他成功破译出皮革封面笔记本中密码记载的内容，并发现该密码源自一种神秘的阿凯罗语，主要是某些古老的邪教教派在使用，他只在之前的研究中隐约听说过这种语言。奇怪的是，日记只字未提他究竟破译出了什么内容，但他公开表示对自己的研究结果感到敬畏和惶恐。其中提到凝望“光辉之偏三八面体”可以唤醒夜魔，并对它栖身的混沌的黑色海湾做了疯狂的猜想。据说夜魔无所不知，苛求最残暴的祭献形式。布莱克其中几则日记暴露了他深深的恐惧，他害怕那个被召唤的夜魔的猖獗，尽管有街灯作为壁垒阻挡那怪东西的靠近。

布莱克经常提及“光辉之偏三八面体”，称它是通往任何时间和空间的窗户，历史可以追溯到黑暗的犹格斯星球第一次制造出这块水晶，不久后旧神们把它带到了地球，并由南极洲的海百合类生物密藏在一个奇怪的盒子里，然后瓦卢西亚王国的蛇人把这块水晶从海百合的废墟中抢救出来，万年以后又被居住在雷姆利亚的先民们觊觎。它在神奇的大陆和更加神奇的海域间流落颠簸，最终随着亚特兰蒂斯沉入深海，多年后被一个克里特渔夫打捞出海，卖给来自漆黑如夜的赫姆地区的一名黑皮肤商人。勒弗椟·卡法老专门修建了带有无窗地下室的神殿供奉这块水晶，也正是因为该举动，人们在所有的纪念碑和史料中剔除了他的名字。自此以后，这块水晶一直静静地躺在被祭司和新任法老损坏的殿堂中，直到探索者用铁锹把它挖出来，降祸于人间。

7月初，报刊中的简报在不经意间补充了布莱克的日记内容，可以说，公布日记的内容才是这些报道做出的真正贡献。报道称，联邦山的当地居民在一名陌生人闯入镇上那座可怕的教堂后，新的恐惧不断加深。那些意大利人相互间低声议论，说是黑暗的无窗钟楼经常传出异乎寻常的骚动、碰撞和打斗声响，并请来牧师驱除每晚都萦绕在他们梦境里的某个怪异存在。居民们还说，有不干净的东西不断在门口窥视，打探屋内的光线，确认是否可以闯入。新闻栏目提到了一个在当地经久流传的迷信故事，却说不清故事早期的背景起源。如今的记者都年轻气盛，不屑于或是不擅长搜集古物资料。布莱克在日记中谈及这些情况时，语气中充满了懊悔，他觉得自己有责任把“光辉之偏三八面体”隐藏到不为人知的地方，是他让阳光照进顶端突出的可怕钟楼，从而召唤出可怕的怪东西，他有义务把它驱除。同时布莱克的好奇心已经滋长到十分危险的地步，他承认内心有个病态的期望——在梦里也强烈地梦见过——再次拜访那座被诅咒的钟楼，再次凝望那块承载着宇宙奥秘的发光小石头。

7 月 17 日的一则杂志报道把我们的日记记录者布莱克惊到发起了高烧的程度。这篇报道带着半开玩笑的口吻描述了联邦山地区居民的不安，但布莱克却被吓了个半死。报道说，受雷雨天气影响，当天晚上停电约有一个小时，当地的意大利人被吓得快要疯掉。据住在可怕教堂附近的人称，尖塔里的怪东西趁着街道两旁的路灯都已熄灭，就下楼来到教堂的底层，似乎有一团黏糊糊的东西用令人毛骨悚然的方式，发出笨重的跌落和碰撞的声响。后来，这个怪东西好像又跌跌撞撞地重新登上钟楼，随即是窗玻璃洒落满地的声音。哪里有黑暗，怪东西就可以到那里去，只有光亮才可以把它吓跑。

当电力恢复供应后，钟楼里发出一阵可怕的骚乱声，即使一点点微弱的光照进那被污垢熏黑、百叶窗覆盖的玻璃窗户，对那怪东西来讲也是莫大的折磨。它跌跌撞撞地及时滑行到钟楼黑暗的角落里——用那个疯癫陌生人的话讲，只要它被阳光照射的时间稍稍长点，它就会被重新打入深渊。在停电的一小时中，当地居民聚集到一起，在雨中围绕着教堂祈祷，点燃的蜡烛和灯盏在折叠纸和雨伞的庇护下，摇曳着微弱的亮光——这些光亮像守卫一样帮助小镇摆脱了那个阔步于暗夜的可怕怪东西的魔掌。

更糟糕的还在后面。布莱克看到当晚的一则新闻快报上称，有两名记者被这个恐怖怪状东西的反复无常激怒，他们不顾狂乱的意大利人群的阻止试图闯入教堂，试着推开几扇门，发现都已上锁，就从地下室的窗户爬了进去。他们沿着一条奇怪的路前行，发现阴森的前厅和似有幽灵出没的中殿布满了灰尘，小片腐烂的靠垫和长凳的缎质内衬散落在地板上。一阵恶臭从四面八方涌来，到处都是带黄斑的碎片和似被碳化了的破布块。两人打开通向钟楼的小门，这时楼上传出刺耳的刮削声，他们停顿了片刻，顿时发现脚下这段狭窄的螺旋形楼梯已经差不多被打扫干净了。

钟楼里面也同样有粗略打扫的痕迹。两人还谈及了七边形石柱、翻倒的哥特式椅子、怪异的石膏雕像等。令人不解的是，他们竟没有提到金属盒和年久的残缺骷髅骨。最令布莱克感到不安的——除开污点、碳化物和恶臭给出的暗示——是报道最后对破碎玻璃的细节描述。教堂里的每一扇尖顶窗都已损坏，其中两扇不知被谁匆匆处理了一番：用缎质长凳内衬堵住百叶窗叶片间的倾斜缝隙，以维持钟楼内的黑暗。更多的零散碎缎片和成捆的马鬃杂乱地散落在新近打扫过的地板上，这些迹象仿佛在暗示，有人在整修钟楼，试图将钟楼恢复至以前那种用帘布紧紧遮蔽的绝对黑暗状态。

他们在通往无窗尖塔的阶梯上也发现了泛黄斑点和碳化了的碎片，一名记者沿着阶梯向上爬，拉开那扇水平滑动的活板门，用微弱的手电筒光朝塔内照进去，发现里面除了恶臭和一片黑暗，什么也没有，门缝旁边有个不规则形状的异质碎片，好像是垃圾。毫无疑问，公众都认为这两人满嘴瞎话，一些人甚至嘲笑联邦山地区的居民迷信愚昧，还有人认为是有些少不更事的，或是久经世故的当地居民跟外部世界开了个精心布局的大玩笑。这件事之后还发生了一段有趣的小插曲：警局需要派一名警员去实地证实之前两位记者的报道。接连三人都找借口躲过了这门差事，第四名警员没办法，只能很不情愿地去了，但他很快就回到警局，也对此事三缄其口。

在这以后，布莱克在日记里越来越多地流露出潜在的战栗和令人不安的恐惧。他谴责自己没有采取实际行动阻止事态的恶化，还大胆推测了下一次停电可能带来的严重后果。他的推测得到了三次证实——又一个雷雨天——他急匆匆地致电电力局，绝望地提醒他们要尽量避免和减少停电情况的发生。有时还在日记中表现出他对之前记者在探索幽暗的钟楼阁屋未找到金属盒和内置的水晶石，以及布满奇怪斑点的骷髅骨的深深忧虑。布莱克假设这些东西都被移走了——可是移到什么地方去了？是被谁或是什么东西移走的？这些都只能凭空臆想。但是，他最顾虑的还是自身的安危，自己的思想与远处钟楼里挥之不去的恐惧仿佛存在着一种邪恶的关联——那晚他因一时鲁莽从终极黑暗的空间中召唤出了那怪异的东西。布莱克的内心在激烈地挣扎，据那段时间里布莱克的访客回忆：他总是心不在焉地坐在西面窗户下的书桌旁向外凝视，专注地盯着烟雾缭绕的城市上空更远处那个尖塔林立的小山丘。他还在日记里单调地反复描述某个糟糕的梦境，总感觉有一种邪恶的“一致关系”在他入睡时不断膨胀。布莱克提到，有一天晚上醒来他发现自己穿戴整齐地出了门，无意识地下了学院山往西行走。他反复地斟酌一个自己不敢面对的事实：尖塔里的那个怪东西把自己的行踪掌握得一清二楚。

据知情人士回忆，从 7 月 30 日之后那周开始，布莱克出现了神经衰弱的症状。他整天都躺在床上，用电话预订一日三餐。拜访者注意到他的床头摆着一圈绳索，布莱克解释说，自己最近有梦游症状，每晚睡觉前都不得不捆紧踝关节防止自己到处乱走，但还是经常会出现为了挣脱绳索而从梦中惊醒的情况。

布莱克在日记中讲述了导致自己神经衰弱的一段难忘经历：30日夜晚，他已经躺下睡觉了，突然醒来发现自己在伸手不见五指的黑暗空间中摸索，只看见一道水平方向的短条纹状蓝色微光，还闻到了令人难以忍受的臭气，感觉头顶上方许多种柔和而隐秘的诡秘声响交织在一起，仿佛还有声音在与交织在一起的每种声响发出共鸣——那是木板间里有物品小心翼翼滑动的声音，混杂着微弱的搅动声。

布莱克在一片漆黑中摸索到一根石柱，柱顶空无一物，接着发现自己抓着阶梯的一个梯级，这段阶梯和墙壁紧紧挨在一起，布莱克像没头苍蝇一样朝着上面乱走，突然闻到刺鼻的臭气，同时一股灼热的巨浪向他涌来。映入眼帘的是许多尊如幽灵般的石膏雕像如万花筒一般不停变换，它们间歇地依次融解成一幅深不可测的巨大深渊图，图中在宏伟的黑暗中有多个太阳、多个世界在来回地不停旋转。布莱克此刻联想到了“终极混沌”的古老传说，混沌中央躺卧着愚蠢盲目的阿撒托斯——万物之王，身旁围绕着一群同样愚蠢的无定形舞者，被无名手爪握着的魔鬼的长笛发出稀薄和单调的笛声，阿撒托斯听着笛声渐渐入睡。

外面传来的尖锐爆炸声使布莱克从昏迷中惊醒过来，他在确定自己身处何地后惊骇得说不出一句话来。那个怪东西究竟是什么？他永远也不会知道——可能是烟花爆竹迟来的炸响声，要知道，联邦山地区的居民会在整个夏天尽情燃放烟花爆竹，欢迎他们各自信仰的守护神，也有意大利老家村落所供奉的神灵。无论如何，布莱克只能放声尖叫，疯狂地几步并作一步下了阶梯，跌跌撞撞地跑出如牢笼般围困着他的漆黑房间。

布莱克立刻就意识到自己身处何地了，他不顾一切地冲下狭窄的螺旋状楼梯，在每个转弯处跌倒摔伤后又爬起来。布满蛛网的巨大中殿有扇拱门，布莱克逃离中殿，从拱门斜视下的骇人阴影下穿过，如同做了场噩梦一般。他在一片漆黑中爬过满是垃圾的地下室，然后越过窗户攀爬到教堂外面，一瞬间感受到了空气和街灯的亮光，接着便发狂似的冲下这座凌乱石墙包围的诡异小山，飞奔出那个拥有黑色高塔的残忍而寂静的小城，沿着东向的陡峭绝壁回到自己位于学院街的老房子。

第二天一早，布莱克恢复知觉、神志清醒后，发现自己和衣躺在书房的地板上。周身沾满了尘土和蛛网，身上到处都是瘀青，全身酸痛。站在镜子前方，布莱克看见自己的头发被严重烧焦，上衣外套还隐隐散发出奇怪而可怕的恶臭。就是在这一刻，他的神经终于彻底崩溃了。自此以后，布莱克就一直身着晨袍精疲力竭地在屋中闲逛，除了趴在西边窗户口凝视以外什么都不做，每次打雷就吓得全身战抖，并开始在日记里写些不着边际的疯言疯语。大风暴在 8 月 8 日子夜前爆发了，接二连三的闪电打在城市的每一个角落，据报道，天空甚至还出现了两个不同寻常的大火球。雨滴如瀑布般猛烈地飞泻而下，连续不断的惊雷如炮弹齐发般震耳欲聋，那一夜注定几千人无法安然入睡。当地的供电系统很有可能瘫痪，这让布莱克极度恐慌，凌晨 1 点左右他致电电力公司，但那时电力公司出于安全考虑已经切断了电力供应。布莱克在日记中对每件事都有详细记载——用令人不安且常常无法辨认的大号象形文字讲述了不断增长的狂怒和绝望，还有在黑暗中摸索着潦草写下的内容。

布莱克必须保持房间的黑暗，这样他可以从窗户向外望得更远，多数时间他都呆坐在书桌旁，透过窗外淅沥的雨幕，忧心忡忡地凝望着远处联邦山一带的灯光照着城市中央的屋顶闪闪发光。布莱克偶尔会笨拙地抓起笔在日记本上写下几行字，比如其中两页写着下列独立分离的句子：“灯光绝对不可以熄灭”“它知道我在哪里”“我必须毁灭它”以及“它在向我呼喊，或许这次并无恶意”等。

根据发电站的记录，凌晨 2 点 12 分全城停电，但是布莱克的日记中未注明具体的时间。当天的日记只有一个短句“停电了——上帝快来救我”。联邦山上同样存在着如他一般焦虑的观察者，全身湿透的人群在教堂外的广场和街道上游行，他们有的打着雨伞保护手里的蜡烛不被雨淋灭，还有的拿着手电筒、油纸灯笼、十字架和其他一些意大利南部人熟知的各种魔咒符。人群在为每一道闪电祈福，后来暴风突然改变了风向，一部分人手中的光源越来越弱最终完全熄灭掉，这些人十分惊恐，纷纷用右手比划起神秘的手势。风势渐涨，大部分蜡烛都被吹熄，周围的黑暗逐渐加深，仿佛是浩劫来临的前奏。有人请来圣灵教堂的梅尔鲁佐神父，神父匆忙赶到凄冷的广场念遍了所有可能有用的词调。从漆黑钟楼中令人焦虑不安的古怪声音推断，除了邪恶的怪东西在作祟还会是谁？

关于凌晨 2 点 35 分时的情况，我们有一名机智、有教养的年轻牧师的讲述为证，还有中央车站的威廉·J.莫纳汉巡官，他是一名很受市民信赖的官员，由于教堂一带属于他的巡逻辖区，他专程来视察了祈祷的人群。聚集在教堂高墙外的民众共有78人——特别是那些广场上的人，他们可以清楚地看到教堂的东侧面，可是也没有证据证明任何自然规律以外的存在出现在那里。可能引起这场骚动的原因有很多，没人说得清含有异物存在的、长时间废弃的、通风不良的古老大建筑中，究竟发生了怎样的怪异化学反应。有毒蒸气、自燃、长期腐烂导致的空气高压，以上任何一种现象都可能成为事件的导火索。当时也绝不会排除恶意欺骗的因素。事件本身很简单，仅持续了不到三分钟的时间。梅尔鲁佐神父总是倡导凡事讲求证据，当时也反复地查看手表，心中默默记下准确的时间点。

事件是这样开始的：从黑色钟楼清晰地传出呆滞的摸索声，越来越响。教堂内飘溢出怪异而邪恶的臭气，味道越来越浓烈。接着是木块被掰碎的声音，同时一个大而重的物体撞击到院落中，正好掉在东面高墙的阴影下。此刻，蜡烛已全部熄灭，钟楼似乎也消失不见，靠东墙站立的人群看到，坠落院子的物体是钟楼东窗外那被浓烟熏黑的百叶窗叶片。

随即，从一个看不见的高度涌出一股完全不能忍受的恶臭，受惊而战抖不止的围观者们被呛得恶心、咳嗽，站在广场上的人更是被熏得几乎昏倒在地。就在此时，周围的空气犹如飞鸟拍打翅膀一般开始上下颤动，突如其来的东风比刚才那阵疾风还要厉害，它掀掉了人们头顶的帽子，还在滴水的雨伞也被吹得变了形。在这个所有光源都被吹熄的暗夜，没人能看到确定的物品，尽管一些仰望的观众认为他们看见在漆黑的天空中，一个模糊、漆黑的污团在迅速向四周蔓延——某种如无定形云团状的浓烟以流星般的速度射向东方。

这就是整个事件的全过程。围观的人群内心交织着恐惧、敬畏、不安和不知所措的复杂情感，都呆若木鸡地立在原地。他们不知道究竟发生了什么，也不敢放松警惕；片刻之后，一道迟来的闪电撕亮了半边天空，接着是震耳欲聋的雷鸣和洪水般的倾盆大雨，人们纷纷口中念念有词地祷告上帝。

第二天的报纸对前一晚的大风暴只是轻微地一笔带过，似乎联邦山教堂事件之后的电闪雷鸣在其东部更远一带地区还要可怕，那里也同样散发着浓烈异常的恶臭。学院山地区发生的现象尤其值得一提：轰隆的雷鸣声惊醒了熟睡的居民们，并引发了一轮对未知的困惑推测。

其中几个雷雨前就醒来了的居民称，靠近山顶的地方出现了反常的光亮；也有人注意到，有一股无法解释的强大气流涌上来，几乎卷光了花园中树木的叶子，许多花草也折掉殆尽。大家都推测，一定是突如其来的闪电球袭击了附近某个地方，尽管至今尚未发现被袭击的痕迹。据一名居住在陶·欧米茄兄弟会会社的青年称，第一道闪电掠过之后，天空中出现了一团怪异而丑恶的雾团，可他的言论尚未得到证实。然而，这几位观察者都一致肯定猛烈的西风和难以忍受的恶臭出现在迟来的闪电之前，还有一种证据证明雷击之后的确有一股烧焦的气味。

鉴于上述观点很可能与罗伯特·布莱克的死因有关，所以都经过了细致的讨论。从普赛·德尔塔兄弟会的学生房间的后窗可以望见布莱克的书房，他们于9日清晨看见书房西窗旁有一张苍白且模糊不清的脸，还在猜测究竟发生了什么情况。可是，这群学生发现到了傍晚那张脸还是以同样的表情出现在同一个地方，很担心是否发生了意外，他们焦急等待对方点亮寓所的灯。晚些时候，他们按响了这座被黑暗所笼罩的寓所的门铃，自然是无人应答，于是才报警破门进入了死者的房间。

僵硬的尸体直挺挺地端坐在靠窗的书桌前，闯入寓所的学生们看到一双呆滞突出的眼睛，扭曲的五官说明死者生前受到惊吓而抽搐不止，他们压抑着想要作呕的恐慌，转身背对着尸体。屋内的窗户完好无损，法医手下的内科医生检查完毕后推断死因可能是电击或是放电引起的神经性休克。可内科医生忽略了死者面部骇人的表情，并认为这类想象力超常、情绪不稳定的人在受到强烈电击时，脸上出现令人惊悚的表情不是不可能。这是基于寓所内发现的奇怪的书籍、绘画、手稿和桌上日记本中潦草记载的胡话而得出的结论。布莱克直到生命最后一刻仍疯狂地往笔记本上匆匆写下几笔，临死时，他患有发作性萎缩的右手还握有一支笔尖断掉的铅笔。

布莱克在停电后写下的日记非常不连贯，只能辨认出部分内容。侦查人员根据这部分日记内容得出了与唯物主义官方裁决所截然不同的推论，恐怕保守派人士无论如何也不能接受该推论。一些想象力丰富的理论家并没有获得更多的信息，特别是当迷信的德克斯特博士丢掉一个造型怪异的盒子连同里面成角的石头——一个在黑暗无窗的钟楼里被发现时就已发光的物体。他把它扔进了纳拉甘赛特海湾最深的水道中。人们普遍认为，布莱克本身就有过多的想象和错乱的神经质，再加上他研究旧时邪教所发现的惊人秘密加重了他的神经衰弱病症。他在临终前受惊吓匆匆写下了自己最主要的秘密发现——也或许是他仅凭想象捏造的秘密发现。

“电还没来——肯定已经过去5分钟了。一切都取决于光亮是否出现。雅迪斯同意它继续……一些影响似乎可以消灭它……暴雨、闪电和狂风震聋了……那个东西正在掌控我的思想……

“受记忆障碍困扰。我看到自己以前不曾知晓的东西。来自其他世界和其他星系……黑暗……闪电像是黑色的，黑暗在发光……

“我在颠簸的黑暗中看到的小山和教堂都是虚幻的。肯定是光芒闪现后留下的视网膜印象。上帝允许意大利人在停电后点上蜡烛到外面去！

“我究竟在怕什么？它难道不是奈亚拉托提普的化身吗？奈亚拉托提普游走在古老阴暗的赫姆地区时就已化作人形。我记得犹格斯星和更为遥远的夏盖星，以及黑暗星球的终极空虚处……

“穿行在空虚间的漫长飞行旅程……无法横跨光之宇宙……‘光辉之偏三八面体’掌控思想而重新制作了……派它穿越可怕的光辉之深渊……

“我叫布莱克——罗伯特·哈里森·布莱克，来自威斯康星州密尔沃基市东奈普街六百二十号……我在地球上……

“阿撒托斯发发慈悲吧！——雷电不再闪光了——可怕——我依靠荒诞的意识看世界，而不是双眼——光即是黑，黑即是光……小山一带的居民……守卫……蜡烛和符咒……他们的牧师……

“丧失了对距离的感知——远即是近，近即是远。没光——没玻璃——看那尖塔——钟楼——窗——听得见——罗德里克·厄舍——疯了，我快疯掉了——那东西在钟楼里移动、摸索——我就是它，它就是我——我要逃出去……必须出去，联合力量……它知晓我的行踪……

“我是罗伯特·布莱克，我在暗夜中看见了钟楼。有强烈的恶臭味儿……感官扭曲了……降落在钟楼，窗户碎裂、倒塌……吾……恩盖……犹格……

“我看见它了——走过来——地狱之风——巨大的阴影——黑色羽翼——犹格-索托斯救命——三瓣燃烧之眼……”

# The Last Test

# 最后的测试

与阿道夫·德·卡斯特罗合著

# I

很少有人知道克拉伦登事件的内幕，甚至很少有人知道报纸都不知道的内幕。火灾发生前的几天，这件事在旧金山引起了轰动，这既是因为它带来的恐慌和威胁，也因为克拉伦登与该州州长关系密切。人们还记得，道尔顿州长是克拉伦登最好的朋友，后来又娶了他的妹妹。道尔顿和道尔顿夫人都不愿讨论这件痛苦的事，但不知何故，这件事已在小圈子里传开了。尽管随着时间的流逝，当事人已经变得面目模糊，但在探究曾经被严格保密的秘密之前，人们仍有所迟疑。

189×年，阿尔弗雷德·克拉伦登医生被任命为圣昆廷监狱的医务主任，加利福尼亚各界对这一任命深表欢迎。旧金山终于有幸迎来了当时最伟大的生物学家和医生之一；世界各地的病理学家可能蜂拥而至，研究他的方法，从他的研究中获益，并学习如何处理他们当地的问题。几乎在一夜之间，加利福尼亚就会成为一个具有世界影响和声誉的医学研究中心。

道尔顿州长急于把这一消息传播出去，确保报媒对他的新任命做了充分且严肃的报道。加利福尼亚州的主要日报上刊登了克拉伦登医生和他在老山羊山附近的新家的照片、生平简介、各种荣誉以及他的重大科学发现，公众很快对克拉伦登医生肃然起敬。他对印度的脓毒症、中国的虫害以及其他地方各种类似疾病的研究，为医学界提供了一种具有革命性意义的抗毒素——一种从根本上抗击整个发热原理的基本抗毒素，这种抗毒素能确保最终征服和根除各种形式的发热。

任命的背后是一段漫长而浪漫的历史：早年的友谊、长期的分离，以及戏剧性的重逢。十年前在纽约，詹姆斯·道尔顿和克拉伦登一家曾经是朋友，甚至还胜过一般的朋友，因为医生唯一的妹妹乔治娜是道尔顿年轻时的情人，而医生本人则是他最亲密的助手，在学校和大学时代几乎是道尔顿的门徒。阿尔弗雷德和乔治娜的父亲——一个冷酷无情的华尔街老海盗——很了解道尔顿的父亲。事实也确实如此。在一个难忘的下午，他在证券交易所的“战斗”中把道尔顿父亲所有的东西都夺去了。老道尔顿毫无翻身的希望，他想把自己的保险理赔金留给他的孩子，于是开枪自杀了；但詹姆斯并没有试图报复。在他看来，一切都不过是金融游戏；他不希望伤害他所要娶的姑娘的父亲，也不希望伤害这位在多年的交往中一直把他当作崇拜者和保护人角色的年轻科学家的父亲。相反，他求助于法律，以一种微不足道的方式确立了自己的地位，并在适当的时候向“老克拉伦登”求娶他的女儿乔治娜。

老克拉伦登坚决而大声地拒绝了他，发誓说一个自命不凡的穷光蛋律师不配做他的女婿；他们两人发生了相当严重的冲突。詹姆斯最终把早该对这个满脸皱纹的强盗说的话告诉了他，然后詹姆斯走出了房子，离开了这座城市。不到一个月后，他就开始了在加利福尼亚的生活，这期间他经过与各种政客的多次斗争成长为州长。詹姆斯对阿尔弗雷德和乔治娜的告别是短暂的，他从来不知道克拉伦登书房那一幕的后果。所以，他错过了老克拉伦登中风去世的消息，而这件事也改变了他的整个人生。在接下来的十年里，他没有给乔治娜写过信，因为他知道乔治娜对她父亲的忠诚；他一直耐心地等待，直到自己的财产和地位能够消除这门婚事的障碍。他也没有给阿尔弗雷德写过一个字，他知道阿尔弗雷德在面对爱情和英雄崇拜时，总是泰然自若、不闻不问。在那个时候，他也只能一心扑在工作上，只考虑未来；他还是单身，凭着直觉坚信乔治娜也在等他。

这一点上，道尔顿是对的。乔治娜在她的梦想和期望中没有找到任何浪漫；随着时间的推移，她开始忙于她哥哥的成长带来的新的责任。阿尔弗雷德的成长并没有辜负他年轻时的诺言，瘦小的男孩以一种几乎令人头晕目眩的速度，悄悄地踏上了科学的阶梯。阿尔弗雷德·克拉伦登医生身材瘦削，过着苦行僧的生活，戴着金边夹鼻眼镜，留着尖尖的棕色胡子，25 岁时成为权威，30 岁时成为国际人物。因为对世俗事务漠不关心，他在很大程度上依赖于妹妹的看管和照料。他暗自庆幸，妹妹还想念着詹姆斯，她没有选择其他更切实的婚姻。

乔治娜掌管着这位伟大的细菌学家的生意和生活，并为他在征服发烧方面取得的进步感到骄傲。她耐心地忍受着他的怪癖，平息他偶尔爆发的狂热，并修复他和朋友之间因为他对任何东西都毫不掩饰的蔑视，和一心奉献于真理及推动其发展而产生的裂痕。不可否认，克拉伦登有时会激怒一些人，因为他从不厌倦地通过对比服务整个人类来贬低服务个人，同时总是责难那些把家庭生活或外部利益掺杂进追求抽象科学的学者。他的敌人称他为令人讨厌的人，但他的崇拜者们，在他将自己投入白热化的狂喜面前停顿了一下，为在一个纯粹知识的神圣领域没有任何标准或愿望感到羞愧。

医生的旅行范围很广，乔治娜通常只陪他去较近的地方。然而，他在研究异乎寻常的发烧和半真半假的鼠疫的过程中，曾三度孤零零地奔波在陌生而遥远的地方。因为他认为，地球上的大多数疾病都能在神秘而古老的东方这片未知土地上找到根源。每一次，他都带回一些奇怪的纪念品，包括一大群没必要带回来的图白忒仆人，这使他的家更加古怪。当时他在图白忒遇到了一场世人未知的瘟疫大暴发，而克拉伦登正是在这场瘟疫中发现并分离出了黑热病的病菌。这群人比大多数图白忒人都高，属于外界研究甚少的人群；他们骨瘦如柴，这让人怀疑这位医生是否曾试图在他们身上寻找他大学时代解剖模型的特征。他们穿着克拉伦登选择的宽松的黑色丝绸长袍，看起来很荒唐；他们的动作中有一种不苟言笑的沉默和僵硬，这增强了他们的神秘气氛，所有这些让乔治娜产生了一种奇怪的、敬畏的感觉，好像自己走进了《瓦泰克》或《一千零一夜》的故事中。

但最奇怪的是克拉伦登在北非待了很长时间后带回来的一个杂役或者说医务人员，他称其为苏拉玛。在北非期间，他曾研究过神秘的撒哈拉图阿雷格人中的某些奇怪的间歇性发烧，根据一个古老的考古谣言，这些人是从失落的亚特兰蒂斯的原始种族中继承下来的。苏拉玛聪明绝顶，似乎有着无穷无尽的学识，瘦得跟图白忒仆人一样；他的秃顶和光秃秃的脸上长着黝黑的似羊皮纸般的皮肤，头上的每一条线条都可怕地突起来——这种可怕的头部效果因灼热的黑眼睛而更加突出，眼睛深邃得只剩下一对黑暗且空洞的眼窝。与理想的下属不同，他尽管面容冷漠，却毫不掩饰自己的情绪。相反，他带着一种阴险的讽刺或娱乐的感觉，在某些时刻还发出一种深沉的、从喉咙里发出的咯咯声，就像一只刚把毛茸茸的动物撕成碎片的巨型乌龟，正慢慢地向大海爬去。他似乎是白种人，再也没法细分了。克拉伦登的一些朋友认为，尽管他讲话没有口音，但他看起来像是一个高种姓的印度人，而许多人同意乔治娜的看法——乔治娜不喜欢他——她认为，法老的木乃伊如果奇迹般地复活，将会和这具骷髅成为一对非常合适的孪生兄弟。

道尔顿全神贯注于艰难的政治斗争，由于旧西方特有的自给自足而与东方的利益隔绝，他并没有追随他的前好友迅速崛起。事实上，在克拉伦登所选择的科学界之外，他还没有听说过任何关于作为州长的道尔顿的消息。克拉伦登一家财力雄厚，多年来一直住在他们位于曼哈顿的东 19 街的老宅邸里，那里的鬼魂一定对苏拉玛和图白忒人的怪异行为不以为意。然后，变化突然出现了，由于医生想转移他的医学观察基地，他们横穿大陆来到旧金山过着隐居生活；克拉伦登买下山羊山附近的老班尼斯特广场，俯瞰着海湾，并在一个坐落在半郊区的高地上的、维多利亚时代中期设计的、有法式屋顶的遗迹上安家了。

由于没有机会应用和检验他的病理学理论，克拉伦登医生虽然对在这里比在纽约更满意，但是他仍然感到局促不安。尽管他曾经是一个超凡脱俗的人，但他从未想过将自己的声誉作为一种影响力来获得公众任命。然而他越来越意识到，只有政府或慈善机构（监狱、福利院或医院）的医疗主管才能为他提供一个广阔的领域，以完成他的研究，使他的发现对整个人类和科学有最大的用处。

有一天下午，他在市场街碰巧遇见了詹姆斯·道尔顿，时任州长正从皇家旅馆摇摇晃晃地走出来。乔治娜正和他在一起，大大地增加了团聚的戏剧性。相互之间对对方的进步一无所知，他们聊了很久自己的过往，克拉伦登很高兴地发现，他的朋友是一个重要的政府官员。道尔顿和乔治娜多次交换了目光，感觉到的不仅仅是他们年轻时的温情；一段友谊在此时此地恢复了，这导致了接下来频繁的电话和进一步的相互信任。

詹姆斯·道尔顿了解到他的老朋友需要政治任命，需要他大学时那样的帮助和保护，道尔顿设法给“小阿尔弗”提供了他需要的职位和权力。的确，他具有广泛的任命权，但是立法机关的不断攻击和冒犯迫使他必须谨慎行事。然而，在突然团聚不到三个月后，该州最重要的医疗机构终于出现了空缺。州长仔细权衡了所有因素，并意识到他的朋友的成就和声誉将使他有理由获得最丰厚的报酬后，他最终采取行动了。简单办理手续后，189× 年 11 月 8 日，阿尔弗雷德·舒勒·克拉伦登医生成为圣昆廷加利福尼亚州监狱的医务主任。

## Ⅱ

在不到一个月的时间里，克拉伦登医生的崇拜者们的希望就完全实现了。医疗方法的彻底改变给监狱的医疗程序带来了从前不敢想象的效率。虽然下属们也不是没有嫉妒心，但他们不得不承认一个真正伟人的监督所带来的神奇结果。后来，在一个时间、地点和人完美交汇的时刻，单纯的感激发展成虔诚的感谢。有一天早晨，琼斯医生一脸严肃地来到他的新主任面前，宣布他发现了一个病例，他不得不将其鉴定为克拉伦登发现并分类的一种黑热病。

克拉伦登医生并不感到惊讶，而是继续写他面前的那篇文章。

“我知道，”他平静地说，“我昨天见过这个病例了。我很高兴你认出来了。把这个人关在单独的病房里吧，虽然我不相信这种病会传染。”

琼斯医生对这种病的传染性有自己的看法，他对克拉伦登这种谨慎的态度感到高兴，急忙去执行命令。他一回来，克拉伦登就起身离开，并宣布他将独自负责这个病例。这位初级医师因为不能研究这位伟人的方法和技巧而感到失望，眼睁睁地看着主治医生大步走向他安置病人的那个单独病房。自从对克拉伦登的钦佩取代最初的嫉妒后他还没有如此不满过。

到达病房后，克拉伦登急匆匆地走进去，瞥了一眼床，然后退后一步，想看看好奇的琼斯博士会怎么做。然后他发现走廊是空的，他关上门，转身检查病人。这是一个特别令人厌恶的罪犯，但似乎被最剧烈的痛苦折磨着。他的面容可怕地收缩着，膝盖在受难者无声的绝望中猛地抬起。克拉伦登仔细观察了他，掀起紧闭的眼睑，测量了脉搏和体温，最后将药片溶解在水中，把溶液挤在病人的嘴唇之间。不久，症状减轻了，随着身体放松和表情恢复正常，病人的呼吸也顺畅了。然后，医生轻轻地揉了揉他的耳朵，使病人睁开了眼睛。他们是有生命的，因为他们从这一边到另一边，尽管他们缺少我们通常认为是灵魂形象的美丽火焰。当他审视自己的帮助带来的平静时，克拉伦登笑了，他感到身后有一种全能的科学力量。他很早就知道这种病例，一会儿工夫就拯救了病人的生命。如果不医治，再过一个小时，这个人就会死去——琼斯在发现这些症状之前已经观察了好几天了，然后发现了这些症状，却不知道该怎么办。

然而，人类对疾病的征服不可能是完美的。克拉伦登向那些不太信任他的护士们保证说，发烧是不会传染的。他让病人洗了个澡，用酒精擦拭了身体，然后上床睡觉。但是第二天早上，他被告知病例出问题了。该名男子在午夜后死于最严重的痛苦，他的哭泣和扭曲的脸庞使护士惊慌失措。医生照例平静地接受了这个消息——不管他的科学感觉如何——并下令用生石灰掩埋病人。然后，他哲学家般地耸耸肩，像往常一样在监狱里巡视。

两天后，监狱里再次暴发疾病。这一次，有三个人同时病倒了，毫无疑问，监狱正在流行黑热病。克拉伦登坚持其非传染性理论，但他的声望却显著下降，可信赖的护士也不愿意为病人服务了，他们不是那些无私奉献于科学和人类的人。病人是罪犯，服刑只是因为他们无法花钱保释，保释的价格太高，他们宁愿放弃保释的权利。

但医生仍然是处理这类问题的专家。在与监狱长协商并向他的州长朋友发送紧急消息后，他向从事危险护理服务的护士罪犯提供了现金奖和减轻工作等特殊的奖励；通过这些手段成功地获得了足够的志愿者。他已下定决心要采取行动，任何东西都动摇不了他的沉着和决心，更多的病例只让他草草地点了点头。当他在这个充满悲伤和邪恶的巨大石屋里匆匆地从一张床边走到另一张床边时，他似乎毫不疲倦。不到一个星期就有四十多个病例出现，更多的护士从城里调来。在这期间，克拉伦登很少回家，常常睡在监狱长办公室的一张小床上，总是以一种典型的献身精神献身于医学和服务人类的事业。

然后，这场即将席卷旧金山的风暴的第一次低语便传来了。消息传开了，黑热病的威胁就像海湾里的雾一样笼罩着整个城市。接受过“感觉优先”理论培训的记者们毫无节制地运用了自己的想象力，当他们终于能够在墨西哥地区制造出一个病例时，他们感到非常自豪，当地一位医生也许是为了钱，而不是为了真相或公民福利，宣布这是一场黑热病。

那是最后一根稻草。想到死亡和他们如此之近，旧金山人疯狂了起来，开始了历史性的大逃亡，全国各地很快就通过忙碌的电报听到这场大逃亡的消息。渡轮和划艇、远洋轮船和汽艇、铁路和缆车、自行车和马车、搬运车和手推车，都被用来夺路而逃。索萨里托和塔玛尔帕伊与圣昆廷在同一航线上，也加入了行动；奥克兰、伯克利和阿拉米达的住房价格上涨到了惊人的水平。帐篷聚居区拔地而起，从米尔布雷到圣何塞的公路两旁是临时搭建的村庄，许多人向在萨克拉门托的朋友寻求庇护，然而，由于各种原因而被迫留下来的人只能在一座几近死亡的城市维持基本的生计。

除了那些拿着“可靠治愈”和“预防措施”来治疗发烧的庸医之外，商业活动迅速衰落到了消亡的边缘。起初，酒馆提供“药物饮料”，但很快就发现，民众更愿意被更专业的江湖骗子欺骗。在陌生而寂静的街道上，人们互相凝视着对方的脸，以便瞥见可能出现的瘟疫症状，越来越多的店主们开始拒绝接待顾客，在他们看来，每一位顾客都像是一个发高烧威胁。随着律师和办事员一个接一个地开始逃亡，法律和司法机制开始瓦解。就连医生们也大批逃亡，其中许多人恳求到该州北部的山区和湖泊去度假。学校、剧院、咖啡馆、餐馆和酒馆都逐渐关门歇业；在短短的一个星期内，旧金山就瘫痪了，电、水的供应甚至只有正常的一半，报纸都只有几页，交通靠着马车和缆车勉强维持着。

这是最低谷。但是它不可能持续太久，因为人们的勇气和观察力并没有完全消失；早晚人们会清楚地意识到尽管发生了几起实际病例，伤寒也不可否认地在不卫生的市郊帐篷区蔓延，但圣昆廷以外黑热病没有被广泛传播。社区的领导人和编辑们进行了讨论并采取了行动，他们招募了许多记者，尽管记者们旺盛的精力在这件事上造成了许多麻烦，但现在将他们的“感觉优先”的热情变成了更具建设性的渠道。社论和虚构的采访出现了，它们无一例外地讲述了克拉伦登医生对这种疾病的完全控制，以及这种病绝对不可能扩散到监狱之外。重复和循环的报道起了作用，慢慢地，越来越多的人回到了城市。最先出现的健康症状之一，是一场经过批准的、激烈的、刊登在报纸上的争论。争论试图将恐慌归咎于各个参与者所认为的任何地方。回来的医生们因为他们用休假来躲避此事而变得更加嫉妒，他们开始攻击克拉伦登，他们向公众保证自己可以像克拉伦登一样把发烧控制住，并指责克拉伦登没有采取更多措施来遏制黑热病在圣昆廷的蔓延。

他们断言，克拉伦登造成了远超必要的死亡人数。医学领域最新的新手都知道如何检查发烧传染；如果克拉伦登这位著名的学者没有这么做，很明显是因为他出于科学的原因选择研究这种疾病的最终影响，而不是正确地开出药方拯救患者。他们暗示说，这项政策对监狱的杀人犯或许适用，但在旧金山却不行，那里的生命仍然是珍贵而神圣的。报纸很高兴把他们所写的都发表出来，因为克拉伦登医生无疑会参加这场激烈的“战斗”，这将有助于消除混乱，恢复人民的信心。

但是克拉伦登没有回应。他只是笑了笑，而他那独特的医务人员苏拉玛则发出深沉而又令人厌烦的怪笑。现在他在家的时间更多了，所以记者们开始围攻医生在建有高墙的房子的大门，而不是纠缠在圣昆廷监狱长的办公室。然而，结果同样不理想；因为苏拉玛在医生和外界之间形成了一道无法逾越的屏障——即使记者们已经进入了院子。进入前厅的记者瞥见了克拉伦登独特的随行人员，并尽其所能地对苏拉玛和骨瘦如柴的图白忒人进行了一番“描述”。当然，在每一篇文章中都会出现夸张的情况，但这种宣传的效果显然对伟大的医生不利。大多数人讨厌他们不熟悉的事物，几百个本可以不那么无情或无能的人随时准备谴责那个咯咯笑着的侍从和八个穿黑袍的东方人的怪异品位。

一月初，《观察家报》的一位特别固执的年轻人爬上了克拉伦登庭院后那八英尺的高墙，开始调查树木遮挡住的各种户外外观。他机敏地观察着一切，玫瑰园、鸟舍，看到了动物笼里有从猴子到豚鼠的各种哺乳动物，院子的西北角是一扇坚固的木制实验大楼，装着带有护栏的窗户，这一千平方英尺的内部私密空间尽收眼底。一篇伟大的文章正在酝酿之中，要不是乔治娜·克拉伦登的圣伯纳犬迪克的狂吠，他本可以毫发无损地逃脱。苏拉玛立刻做出反应，在那青年还没来得及抗议之前就抓住了他的衣领，就像一条小猎犬咬一只老鼠一样抓着他，把他拖过树林拖到了前院的大门。

气喘吁吁地解释和颤抖着要求见克拉伦登医生是没有用的。苏拉玛只是咯咯地笑了笑，拖着他向前走。突然，这个衣冠楚楚的年轻人被吓了一跳，他开始拼命地希望这个神秘的生物开口说话，哪怕只是为了证明他真的是一个属于这个星球的有血有肉的人。他害怕得要命，竭力不去看那两只一定在黑色眼眶底部的眼睛。不久，他听到门开了，感到自己被猛地推了进去；又过了一会儿，他突然醒来，发现自己躺在又湿又泥泞的地上——克拉伦登围着墙挖的沟。当他听到大门砰的一声关上时，恐惧让他勃然大怒，他站起来，在那令人望而却步的大门前挥舞拳头。然后，当他转身要走的时候，身后传来一阵轻柔的声音穿过大门上的一个小门，他感觉到了苏拉玛凹陷的眼睛，听到了一声低沉的、令人毛骨悚然的咯咯笑的回声。

这个年轻人也许觉得他不应该受到这么粗暴的对待，他决心报复让他遭受不公正待遇的房主。因此，他准备写一篇虚构的对克拉伦登的采访，他假想这次采访是在实验大楼里进行的，在他想象的采访中，他小心翼翼地描述了十几个黑热病患者的痛苦。他编造的是一个特别可悲的病人喘着粗气想要喝水的画面，而医生拿着一杯闪闪发光的液体，刚好在病人够不着的地方，好似试图用科学的方法来确定一种渴望的情绪会对疾病进程有什么影响。在这个场景之后，又有几段含沙射影的评论，表面上很恭敬，实际上带有双重的恶意。文章说，克拉伦登医生无疑是世界上最伟大、最专心致志的科学家；但科学并不是个人福利的朋友，人们不愿意仅仅为了满足研究人员对抽象真理的追求而使自己严重的疾病拖长或加重。生命太短暂了。

总而言之，这篇文章技巧高超，成功地使得十之八九的读者都对克拉伦登医生及他的医疗方法感到恐惧。

很快，其他的报纸抄袭和扩展了它的内容，按照它提供的线索，开始了一系列“假的”采访，这些采访充满了贬义的幻想。然而，医生并没有屈尊进行反驳。他没有时间浪费在傻瓜和骗子身上，也不关心他所鄙视的一群乌合之众对他的尊重。当詹姆斯·道尔顿表示歉意并主动提供帮助时，克拉伦登几乎是粗鲁地回应。他没有注意到犬吠，也懒得让他们闭嘴。他也不在意任何人把一件完全不值得他注意的事情搞得一团糟。他默不作声，轻蔑而平静地继续他的工作。

但年轻记者的报道已经完成了它的使命。旧金山又疯了，这次既愤怒又害怕。人们失去了冷静的判断，虽然没有发生第二次逃难，但随之而来的却是因绝望而生的邪恶和鲁莽，它们统治了人们，在中世纪的瘟疫时期也有类似的现象。人们对那个发现了这种疾病并正在努力控制它的人怀恨在心，头脑简单的大众们忘记了医生对知识所做的巨大贡献，他们试图煽动怨恨之火。他们盲目地仇视医生个人，甚至超过了对肆虐于城市的瘟疫的憎恨。

然后，这位年轻的记者，在他点燃的精神之火中玩耍，增添了他的个人魅力。他回忆起自己在那死气沉沉的医生手上所遭受的屈辱，然后写了一篇关于克拉伦登医生的家和环境的精湛文章，文章特别突出了苏拉玛，记者宣称他的容貌足以把最健康的人吓得发烧。他试图让那憔悴的咯咯笑者显得既可笑又可怕，这也许是他的意图中最成功的一点，因为每当他想到他与那生物的短暂距离时，总有一股恐怖的浪潮涌上他的心头。

他收集了所有关于苏拉玛的谣言，详细阐述了他的学问有多么的邪恶，并隐隐暗示说，克拉伦登医生发现他的地方不可能是一个神圣的、神秘的、世世代代存在的非洲王国。

乔治娜紧紧地盯着报纸，对她哥哥受到的攻击感到心碎和受伤，经常到她家去拜访的詹姆斯·道尔顿尽力安慰她。在这一点上，他是热情而真诚的；因为他不仅想安慰他所爱的女人，而且还想说出一点他一向对他年轻时最亲密的战友——一个才华横溢的天才——的崇敬之情。他对乔治娜说，不遭人妒的是庸才，并列举了很多被人嫉妒、攻击的天才。他说这些攻击是阿尔弗雷德崇高地位的最真实的证明。

“但他们的伤害是一样的，”她答道，“更重要的是，我知道阿尔真的受了他们的伤害，不管他多么无动于衷。”

道尔顿以当时贵族间流行的方式亲吻她的手。

“因为它伤害了你和阿尔弗，更对我造成了一千倍的伤害。但是没有关系，乔治娜，我们会站在一起渡过难关的！”

这样一来，乔治娜就越来越依靠她年轻时的情郎——这位刚毅的、方下巴的州长了，越来越多地向他倾诉她所担心的事情。新闻界的攻击和流行病并不是全部的烦心事。家里也有些她不喜欢的事。她十分憎恶对人和野兽都很残忍的苏拉玛，她觉得苏拉玛对阿尔弗雷德造成了某些伤害。她也不喜欢图白忒人，惊异于苏拉玛能和他们讲话。阿尔弗雷德不愿告诉她苏拉玛是什么人，但他曾经断断续续地解释说，他比一般人想象的要老得多，他掌握了秘密，并且经验丰富，这使他成为任何想寻找大自然隐藏奥秘的科学家的极有价值的同事。

尽管看到苏拉玛对自己的出现深恶痛绝，在乔治娜不安的驱使下，道尔顿还是成了克拉伦登家的常客。骨瘦如柴的苏拉玛在招待他的时候，常常会从他那幽灵般的眼窝里发出奇怪的光芒，在他走时关上大门后，苏拉玛常常发出咯咯的笑声，笑得他直起鸡皮疙瘩。与此同时，除了在圣昆廷的工作之外，克拉伦登医生似乎对一切都不闻不问。他每天独自去圣昆廷，除了在看笔记或整理笔记的时候由苏拉玛掌控车轮。道尔顿很欢迎这种经常缺席的行为，因为这使他有机会和乔治娜约会。然而，当他逗留过久见到医生时，后者总是友好地问候他，尽管阿尔弗雷德习惯性地保持沉默。不久，詹姆斯和乔治娜的订婚就成了一件确定无疑的事，两人只等着一个合适的时机告诉阿尔弗雷德。

州长坚定地维护自己对朋友的忠诚，不遗余力地为老朋友进行宣传。新闻界和官场都受到了他的影响，他甚至在东部成功地找到了一些有兴趣的科学家，他们中的许多人来到加利福尼亚研究瘟疫，而克拉伦登正迅速地分离和完善抗发热杆菌。然而，这些医生和生物学家没有获得他们想要的信息；他们中的一些人带着非常不好的印象离开了。他们准备写文章批评克拉伦登，指责他态度不科学、沽名钓誉，并暗示他出于对个人利益的考虑隐瞒了自己的方法。

幸运的是，其他人的态度更开明，对克拉伦登和他的工作充满热情。他们见过病人，知道克拉伦登医生是多么巧妙地把可怕的疾病控制住了。他们认为克拉伦登对抗毒素的保密是完全有道理的，因为它以不完善的形式在公众中传播只会弊大于利。他们中的许多人以前曾见过克拉伦登，但是这次医生给他们留下了比以往任何时候都深刻的印象，他们毫不犹豫地将他与詹纳、李斯特、科赫、巴斯德、梅奇尼科夫以及那些终生为病理学和人类服务的人相比较。道尔顿小心翼翼地为阿尔弗雷德保留了所有对他赞不绝口的报刊，用这些报刊做借口来看乔治娜。然而，除了一个轻蔑的微笑，它们并没有产生多大的效果；克拉伦登一般会把它们扔给苏拉玛，苏拉玛读到杂志时就发出一种深深的、令人不安的怪笑，这与医生自己的讽刺性的表情几乎是一模一样的。

二月初的一个星期一晚上，道尔顿打来电话，明确地想向克拉伦登说要同他的妹妹结婚。乔治娜亲自把他领进院子，当他们朝房子走去的时候，一只大狗冲了过来，友好地把前爪搭在他胸前，道尔顿停下来拍了拍大狗。这是迪克，乔治娜心爱的圣伯纳犬，道尔顿很高兴这只对乔治娜意义重大的宠物喜欢自己。

迪克又兴奋又高兴，它使劲地蹭着州长，然后转过身来，轻叫了一声，从树林里跳了出来，朝实验室跑去。但它并没有消失，而是很快就停下来回头看了看，又轻轻地叫了起来，好像在叫道尔顿跟着它似的。乔治娜喜欢听从她的大宠物顽皮的怪念头，向詹姆斯示意跟上，看它想要什么；当它轻松地小跑到院子的后面时，他们两个都在它身后慢慢地走着。它跑到院子后面，在那堵砖墙上，实验室的屋顶在星星的映衬下显出轮廓。

屋子里面的灯光从黑色窗帘的边缘显现出来，他们知道阿尔弗雷德和苏拉玛正在工作。突然从里面传来了一个细细的、低沉的声音，像是一个孩子哭喊着“妈妈！妈妈”！迪克叫了起来，詹姆斯和乔治娜也觉察到了。接着乔治娜笑了，想起了一只克拉伦登一直留着做实验用的鹦鹉，她拍了拍迪克的头，不是原谅它愚弄了自己和道尔顿，就是安慰迪克自己被愚弄了。

当他们慢慢地向屋子走去的时候，道尔顿提到了他要和阿尔弗雷德谈谈他对他们订婚的事的决心，乔治娜没有反对。她知道她哥哥不会喜欢失去一个忠诚的管家和同伴，但她相信哥哥对她的爱不会阻碍自己的幸福。

那天晚上晚些时候，克拉伦登迈着轻快的步伐走进了屋子，脸色没有平时那么阴沉。道尔顿认为这轻松愉快的气氛是一个好兆头，他鼓起勇气，医生高兴地握着他的手说：“啊，吉米[1]，今年的政治怎么样？”他瞥了乔治娜一眼，在两个人坐下来聊起了一般的话题的时候，她悄悄地离开了。聊着他年轻时候的事，道尔顿一点一点地把话题引向他的目标；直到最后，他直截了当地提出了关键的问题。

“阿尔弗，我想娶乔治娜。你会祝福我们吗？”

---

①吉米，詹姆斯的昵称。

道尔顿敏锐地注视着自己的老朋友，脸沉了下来。医生目光闪烁了一下，又恢复了往常的平静。这一刻他的私心占了上风！

“你在问一个不可能的问题，詹姆斯。乔治娜不像几年前那样漫无目的了。她现在在一个为真理和人类服务的地方，这个地方就是这里。她已经决定把一生奉献给我的工作——奉献给确保我的工作的家务事——没有放弃或改变的余地。”

道尔顿等着看他是否说完了。这样下去，医生会让同样的狂热主义——人性与个人——毁了他妹妹的生活！然后他试着回答。

“阿尔弗，你看，你是说乔治娜对你的工作特别重要，你必须使她成为奴隶或殉道者吗？如果是苏拉玛或者是某个在你的实验中非常重要的人，那么问题可能会不一样；但归根结底，乔治娜不是你的管家。她说爱我并答应做我的妻子。你有权利把她从属于她自己的生活中分割出去吗？你有权利——”

“行了，詹姆斯！”克拉伦登脸色苍白、木然。“我是否有权管理自己的家庭，和外人无关。”

“外人——你怎么可以说我是——”当医生的强硬声音再次打断了他的话的时候，道尔顿几乎要窒息了。

“对我家来说是外人，从现在起，对我的家来说你是一个外人。道尔顿，你越界了！晚安，州长！”

克拉伦登没有和道尔顿握手，转身大步走出房间。

乔治娜进来的时候，道尔顿犹豫了一会儿，几乎不知该怎么办才好。从她脸上看出她已经和哥哥谈过话了，道尔顿急躁地握住她的双手。

“好吧，乔治娜，你说呢？恐怕你要在我和阿尔弗之间做出选择了。你知道我多难过，你知道之前面对你父亲的阻拦的时候我有多难过。这次你的回答是什么？”

道尔顿停顿了一下，因为乔治娜没有任何反应。

“詹姆斯，亲爱的，你相信我爱你吗？”

道尔顿点点头，满怀期待地紧握着她的手。

“那么，如果你也爱我，你就再等一阵子。别介意阿尔弗的无礼。他很可怜。我现在不能告诉你全部的事情，但你知道我有多担心——他的工作压力、外界的指责，以及那个可怕生物苏拉玛的凝视和怪笑！我担心他会崩溃——他承受了超出任何外人想象的压力。我看得出来，因为我一辈子都在观察他。他在变化——重担慢慢地压弯了他的腰——他用粗鲁来掩饰这一点。你能明白我的意思吗，亲爱的？”

道尔顿又点了点头，她停下来，用一只手按住道尔顿的胸口，然后总结道。

“所以答应我，亲爱的，要有耐心。我必须支持他，我必须！必须！”

道尔顿说不出话来，但他的头却垂了下来，几乎像是在鞠躬。这个忠诚的女人身上的奉献精神，比他能想象的任何人都还要多；面对这样的爱和忠诚，他毫无办法。

悲伤和离别的话很短。詹姆斯的眼睛模糊了，当通向街道的大门终于为他打开时，他几乎没有看见憔悴的医生。但当他身后的大门砰的一声关上时，他听到了令人毛骨悚然的笑声，他终于认出了那是苏拉玛——苏拉玛就在那里，那个被乔治娜称作“哥哥的邪恶天才”的人。道尔顿迈着坚定的步伐走开了，他决心保持警惕，一有麻烦就采取行动。

## Ⅲ

与此同时，在旧金山，这种流行病仍然被人们挂在嘴边，充满了反克拉伦登的情绪。实际上，监狱外的病例很少，而且几乎完全局限在因缺乏卫生设施导致各种疾病流行的底层墨西哥人之中，但政客和人民不需要更多的信息来证实，敌人对医生发动了攻击。看到道尔顿坚定地支持克拉伦登，心怀不满的人、医学教条主义者和追随者把他们的注意力转向了州议会；他们将反克拉伦登派和州长的宿敌巧妙地联合起来，并准备以绝对多数票提案的方式通过一项法律，把行政长官对小型机构的任命权移交给有关的各委员会。

没有任何游说者比克拉伦登的首席助理琼斯医生更积极地推动这项措施。他从一开始就嫉妒他的上司，现在他看到了使事情朝着对他有利的方向发展的机会；他感谢命运安排了他与监狱委员会主席的关系——这的确是他获得目前的职位的原因。这项新法律如果通过，那将意味着克拉伦登肯定会被免职，他将被任命接替克拉伦登的职务；所以，考虑到他自己的利益，他为了这件事情无所不用其极。琼斯就是克拉伦登的反面——他是一个天生的政客和机会主义者，他首先谋求自己的进步，而对科学只是偶尔为之。他很穷，渴望得到薪酬丰厚的职位，这与富有而独立的克拉伦登形成了鲜明的对比。于是，他以老鼠般的狡猾和坚持不懈的精神，千方百计地诋毁他的上司、伟大的生物学家克拉伦登，终于有一天，他得到了奖励，新的法律通过了。从此以后，州长无权任命国家机构的工作人员，圣昆廷的医务局由监狱委员会支配。

在这场立法混乱中，克拉伦登却出奇地置若罔闻。他全神贯注于行政工作和科学研究，对在他身边工作的“蠢货琼斯”的背叛行为视而不见，对监狱长办公室所有的流言蜚语充耳不闻。他一生中从来不看报纸，把道尔顿赶出家门的行为，也切断了他与外界最后的联系。他是一个天真的隐士，他从来没考虑过自己的地位是否稳固。考虑到道尔顿的忠诚，以及他对别人错误的宽恕，就像他在与在证券交易中把他父亲“碾压”致死的老克拉伦登打交道时所表现的那样，州长被免职的可能性是没有的。医生在政治上的无知使其不能预见自己留任或解职的问题会落到完全不同的人手中。于是，当道尔顿动身去萨克拉门托时，他只是满意地笑了笑；深信他和妹妹在圣昆廷的住处不会受到干扰了，他已经习惯了得到想要的东西。在三月的第一个星期，即新法律颁布后的一天左右，监狱委员会主席到圣昆廷访问。克拉伦登不在，但琼斯医生很高兴带着监狱委员会主席——顺便提一下，监狱委员会主席是他的叔叔——参观了医务室，包括因报道和恐慌而出名的发热病房。这时琼斯违背自己的意愿，转而相信克拉伦登对发烧不会传染的观点，他微笑着向他叔叔保证，没有什么可怕的，并鼓励他仔细检查病人——特别是一具可怕的骷髅，他曾经是一个高大强壮的人，他含沙射影地说，由于克拉伦登不愿给病人服药，病人会缓慢而痛苦地死去。

“你的意思是说，”主席喊道，“克拉伦登医生知道这个人的生命是可以挽救的，但是拒绝让他得到他所需要的治疗吗？”

“就是这样，”琼斯医生厉声说道，这时门打开了，克拉伦登自己走了进来。克拉伦登冷冷地向琼斯点点头，不满地打量着陌生的来访者。

“琼斯医生，我以为你知道病人不该被打扰。我没说过除非得到特别许可，否则不许访客进入吗？”

但在他侄子介绍他之前，主席打断了琼斯医生的话。

“对不起，克拉伦登大夫，但是为什么你拒绝给病人能救他们的药呢？”

克拉伦登冷冷地瞪了一眼，声音像钢铁般强硬。

“这是一个无礼的问题，先生。我是这里的权威，不允许访客。请马上离开房间。”

主席的戏剧感暗地里被逗乐了，他的回答显得比必要的更加浮夸和傲慢。

“你误会我了，先生！这里的主人是我，而不是你。你正在和监狱委员会主席讲话。此外，我必须说，我认为你的工作威胁到了囚犯的福利，所以你必须辞职。从今以后，琼斯医生将负责此事，如果你想留下来直到被正式解雇，你可以听从他的命令。”

这是威尔弗雷德·琼斯的高光时刻。生活从来没有给过他这样的高潮，然而我们也没必要怨恨他。毕竟，与其说他是个坏人，不如说他是个小人物，他只是遵守了一个小人物不惜一切代价利己的准则。克拉伦登还是站在那里，盯着说话的人，好像看着一个疯子似的。过了一会儿，看到琼斯医生脸上得意洋洋的神情，他相信了确实有一件重要的事情正在发生。他冷漠却又彬彬有礼地回答道。

“毫无疑问，你就是你自称的那个人，先生。但幸运的是，我的任命来自州长，因此也只能由他撤销。”

主席和他的侄子都茫然地盯着，他们还没有意识到克拉伦登医生对这件事有多无知。后来，主席明白了情况，详细地解释了一下。

“如果我发现目前的报告对你不公平，”他总结道，“我会推迟行动。但是这个可怜的患者和你的傲慢态度让我别无选择。照现在的样子——”

但是克拉伦登医生用尖锐的声音打断了他。

“事实上，我现在是主管，我请你马上离开这个房间。”

主席涨红了脸，勃然大怒。

“听着，先生，你以为你在跟谁说话？我要把你赶出去，你这无礼的家伙！”

但主席只来得及把这句话说完。这位身材瘦弱的科学家由于受到侮辱而突然变得充满仇恨，他用让人意想不到的力量挥动双拳。如果他的力量是让人意想不到的，那么打击目标的准确性却也一点不差，即使是拳击冠军也不能做得更好了。主席和琼斯医生两个人都被当场击中；一个打在脸上，另一个打在下巴上。他们像被砍倒的树一样一动不动地倒在地板上，不省人事；而克拉伦登现在清醒了，他完全控制住了自己，拿起帽子和手杖走了出去，和苏拉玛一起坐船离开。直到船开动了，他才把已经吞噬了他的可怕的愤怒发泄出来。接着，他的脸抽搐着，从星星和星星以外的深渊里发出咒骂声；就连苏拉玛都不寒而栗，做了一个古老的、没有史书记载的手势，并且忘了怪笑。

## IV

乔治娜尽她所能抚慰哥哥的伤痛。他回到家，身心疲惫地倒在书房的休息室里；在那间阴暗的房间里，他的妹妹一点一点地听到了这个令人难以置信的消息。乔治娜立即温柔地安慰他，尽管是无意的，乔治娜让他意识到攻击、迫害和解雇都是对他伟大的一种颂扬。他曾按照乔治娜说的冷漠面对，如果只涉及个人尊严的话，他是可以做到的。但是他无法平静地接受失去科研机会，他一次又一次地叹息着，反复地说，如果在监狱里再研究三个月，最终他也许会得到一直寻找的芽孢杆菌，这种芽孢杆菌会使所有的发烧都成为过去。

接着乔治娜又试着用另一种方式鼓励他，乔治娜告诉他，如果发烧没有减轻，或者发烧的力度加大，监狱委员会肯定会再次派人来找他。但即使这样也没有效果，克拉伦登只回答了一连串痛苦的、讽刺的、半无意义的小句子，语气清楚地表明绝望和怨恨已经深深地刺痛了他。

“减轻？又暴发了？哦，会好起来的！至少他们会认为它已经减弱了。他们什么事都不会想，不管发生什么！无知的眼睛什么也看不见，笨手笨脚的人永远不会是发现者。科学从来不会对这些人展露真容。他们自称是医生！真棒，想象一下琼斯那个蠢货掌管一切！”

他很快地冷笑了一声，笑得那么可怖，吓得乔治娜直发抖。

接下来的日子确实令人沮丧，在克拉伦登庄园里，一向孜孜不倦的医生完全陷入了抑郁，毫无起色。要不是乔治娜强迫他吃饭，他甚至会拒绝进食。他那巨大的观察记录本合着放在书房的桌子上，他那小小的金色退烧血清注射器——他自己的一件聪明的装置，有一个自给式贮液器，附在一个宽大的金戒指上，还有他自己特有的单压器——懒洋洋地放在旁边的一个小皮箱里。活力、雄心，对学习和观察的渴望似乎在他的内心消逝了，他没有询问他的实验室的事情，那里数百个细菌培养物排列整齐，等待着他的注意。

为实验准备的数不清的动物饲养良好，生机勃勃，在早春的阳光下活泼地玩耍。当乔治娜穿过玫瑰园漫步到笼子里时，她感到一种奇怪的不协调的幸福感。然而，她知道这种幸福感是多么短暂悲惨；因为新工作开始后，这些小动物都要被迫为科学牺牲。知道了这一点，她从哥哥的不作为中瞥见了一种补偿的成分，并鼓励他继续休息，因为他急需要休息。八个图白忒仆人无声无息地走来走去，每个人都像往常一样能干得无可挑剔；乔治娜注意到，家里的秩序没有因为主人的放松而受到影响。

克拉伦登穿着拖鞋，披着睡袍，满不在乎地把研究和追求真理的雄心搁在一边，他满足于让乔治娜把他当婴儿看待。他以一个缓慢而悲伤的微笑来回应乔治娜母亲式的挑剔，并总是服从她的许多命令和戒律。一种淡淡的、渴求的幸福感笼罩着这个慵懒的家庭，唯一的反对意见是苏拉玛提出来的。他确实很痛苦，常常用阴郁而愤恨的眼神望着乔治娜脸上欢愉的宁静。他唯一的快乐是实验的混乱，他想念过去自己抓住那些命运已注定的动物，把它们带到实验室，带着狂热的眼神和邪恶的怪笑看着小动物慢慢陷入最后的昏迷，它们眼睛睁得大大的，肿胀的红舌头从满是泡沫的嘴里伸出来。

现在他似乎被笼子里那些活蹦乱跳的动物逼得走投无路，常常来问克拉伦登是否有什么吩咐。他发现医生无动于衷，不愿意开始工作，便会低声咕哝着走开了，他咒骂着一切，用猫一样的脚步偷偷地走到地下室自己的房间里，在那里他的声音有时会以低沉的节奏上升，充满亵渎神明的陌生和令人不舒服的仪式暗示。

所有这一切都使乔治娜的神经衰弱了，但绝不像她哥哥感到倦怠那样严重。这种情况持续了这么久，久到让她惊慌失措，渐渐地她失去了那种使苏拉玛大为恼火的愉快的神态。她自己精通医术，但从一个旁观者的角度来看，她对克拉伦登的情况非常不满意；她现在害怕他缺乏兴趣和活力，就像以前害怕他狂热过头和超负荷工作一样。是不是要把这位曾经才华横溢的智者变成一个无伤大雅的白痴呢？

然后，在五月底的时候，事情突然发生了变化。乔治娜总是能回忆起与之相关的最小的细节，比如前一天送给苏拉玛的盒子，加贴了阿尔及尔的邮戳，散发出的难闻的气味。那天晚上，苏拉玛锁上地下室的门后，用低沉的声音吟唱着他的仪式时，比平常更大更强烈的暴风雨突然降临。

这是一个阳光明媚的日子，她一直在花园里为餐厅采花。回到屋里，她瞥见她哥哥在书房里，衣着整齐地坐在桌边，查阅着他那本厚厚的观察记录上的笔记，用轻快有力的笔触写出新的条目。他机警而精力充沛，不时翻过一页，或从大桌子的后面拿起一本书，他的一举一动都展现出令人满意的恢复能力。乔治娜既高兴又如释重负，赶紧把花放在餐厅里，然后返回来；但是当她再次到达书房时，她发现她的哥哥不见了。

当然，她知道他一定在实验室里工作，想到他的原来的思维和目标又恢复了，她很高兴。等他一起吃午餐是不可能的，她就独自吃了饭，给他留下了一些。但他没有来。他正在弥补失去的时间，当她散步穿过玫瑰园的时候，他还在那间巨大的、结实的实验室里。

当她走在芳香的花丛中时，她看见苏拉玛正在抓动物去做试验。她希望自己能忽略掉苏拉玛，因为苏拉玛总是吓得她发抖；但她的恐惧使她的眼睛和耳朵变得敏锐起来。他总是不戴帽子在院子里转来转去，头上完全没有毛，这使他那骷髅般的面孔可怕极了。这时，她听到一声微弱的怪笑，苏拉玛从靠墙的笼子里拿出一只小猴子，把它带到实验室去，他那又长又瘦的手指狠狠地抓着猴子的毛，吓得它痛苦地叫了起来。那景象使她感到恶心，于是她停止了散步。她的内心深处对这个家伙在她哥哥面前所占的优势感到反感，她痛苦地想，他们两个人作为主人和仆人的地位几乎已经改变了。

夜幕降临时克拉伦登还没有回家，乔治娜断定他正全神贯注于一个很耗时的工作，这意味着他完全无视时间。她讨厌不和他说晚安就去休息，但再等下去也是徒劳的，于是她写了一张便条，把它放在他书房椅子前的桌子上，然后就去上床睡觉了。

当她听到外面的门开了又关时，她还没有完全睡着。所以，克拉伦登终究没有通宵工作！她决定要让哥哥吃点东西再休息，于是她站起身来，穿上长袍，下楼去书房；但是听到半开着的门后传来的声音，她停了下来。克拉伦登和苏拉玛正在谈话，她想等苏拉玛走后再进去。

然而，苏拉玛并没有要离开的意思；事实上，热烈讨论的基调似乎预示着这是一场很长而且专注的谈话。乔治娜虽然不想听，但还是时不时地捕捉到一句话，很快就意识到一股使她非常害怕却又完全不清楚的阴险的暗流。她被她哥哥紧张、尖锐的声音吸引。

“但无论如何，”他说，“我们明天没有足够的动物了，你也知道要在短时间内得到足够的供应有多困难。在人类标本只需稍加小心就能得到的情况下，把这么多精力浪费在次等的垃圾上是愚蠢的。”

乔治娜对暗示出来的消息感到恶心，她抓住门厅的架子才稳住了身子。苏拉玛用他深沉、空洞的语调回答，那嗓音似乎与千年万象的邪恶相呼应。

“稳住，稳住——你像个孩子一样毛躁、没耐心，真是个孩子！你太紧张了！当你像我一样活着，让整个生命看起来只有一个小时，你就不会为一天、一周或一个月那么烦恼了！你工作得太快了。如果你能以合理的速度工作的话，笼子的标本足够你用上整整一个星期。如果你不想做得太过火，你甚至可以从旧的材料开始。”

“别管我的急迫！”回答声突然响起，“我有我自己的方法。如果我的方法可以的话我不想使用我们的材料，因为我喜欢他们原本的样子。不管怎样，你最好小心一点——你知道那些狡猾的狗带着刀。”

苏拉玛怪笑了起来。

“别担心。野兽吃东西，不是吗？好吧，你什么时候需要我都可以给你拿一个。但是慢慢来——那男孩死了，只剩下八个了，现在你失去了圣昆廷的职务，很难大量补充到新的了。我劝你还是从‘赞波’开始吧——他对你是最没用的，而且——”

她被这番谈话激起的可怕的念头吓呆了，差点摔倒在地板上，几乎无法爬上楼梯回到房间。那个邪恶的怪物苏拉玛在策划着什么？他在引诱她哥哥做什么？这些神秘的句子背后隐藏着什么可怕的情节？一千个黑暗恐怖的幽灵在她眼前跳舞，她扑在床上毫无睡意。有一个念头最为突出，她几乎要大声尖叫，那个念头以最强的力量钻进了她的脑子里。最终大自然终于介入了，比她想象的更仁慈。她昏昏欲睡地闭上眼睛，直到天亮才醒来，也没有任何新的噩梦加入听到的话带来的持久的噩梦中。

随着早晨的阳光，紧张的气氛减轻了。当一个人疲倦的时候，晚上发生的事情往往会以扭曲的形式进入意识，乔治娜明白，她的大脑一定给一些普通医疗谈话的片段脑补了奇怪的颜色。假如她的哥哥——温文尔雅的弗朗西斯·斯凯勒·克拉伦登的独子——以科学的名义做了野蛮的献祭，那将是对他们血统的玷污，她决定不提她下楼的事，以免阿尔弗雷德嘲笑她的奇妙想法。

当她走到早餐桌前时，她发现克拉伦登已经走了，她很遗憾自己第二天早上也没有机会祝贺他恢复了活力。她静静地吃完耳聋得要命的墨西哥厨师玛格丽塔做的早饭，读完早报，坐在起居室窗前，手里做着一些针线活，俯瞰着大院子。外面一片寂静，她看见最后一个动物笼也已经空了。科学得到了服务，这些曾经美丽活泼的小动物所剩下的一切都被埋在石灰坑里了。这场屠杀一直让她很伤心，但她从来没有抱怨过，因为她知道这一切都是为了人类。作为一个科学家的妹妹，她常常对自己说，就像是为了把自己的同胞从敌人手中救出来而杀人的士兵的妹妹。

午饭后，乔治娜回到靠窗的位子上，干了一段时间针线活，这时院子里传来了枪声，她连忙惊慌地向外张望。在离实验室不远的地方，她看到了苏拉玛可怕的样子，他手里拿着一把左轮手枪，当他怪笑着盯着一个穿着黑丝绸长袍、手拿着一把藏式长刀的畏缩的身影，骷髅脸扭曲成一种奇怪的表情。是仆人赞波，当她认出那张干瘪的脸时，乔治娜想起了前一天晚上她无意中听到的可怕的事情。阳光照在磨光的刀刃上，苏拉玛的左轮手枪突然又开了一枪。这一次，那把刀从赞波手中飞了出来，苏拉玛贪婪地瞥了一眼这个颤抖且困惑的猎物。

之后赞波迅速地瞥了一眼没有受伤的手和掉在地上的刀，敏捷地从那个偷偷走近的苏拉玛身边跳开，向屋子里冲去。然而，苏拉玛对他来说太快了，一跳就把他抓住了，按住了他的肩膀，差点把他压死。图白忒仆人挣扎了一会儿，但是苏拉玛像提动物一样抓住他的后背，把他拖进了实验室。乔治娜听见他怪笑着嘲弄那个人，受害者的脸吓得扭曲发抖。突然，她违背自己的意愿意识到发生了什么事，一种巨大的恐惧笼罩着她，她在二十四小时内第二次晕倒了。

当意识恢复时，傍晚时分的金色光线淹没了房间。乔治娜拾起掉在地上的篮子和零散的东西，疑惑得晕头转向；但最后她确信，她所经历的一切一定都是悲惨的事实。那么，她最害怕的事情就是可怕的事实。该怎么处理这件事，以往的经验帮不了她；她暗自庆幸她的哥哥没有出现。她必须和他谈谈，但不是现在。她现在不能和任何人说话。想到门窗后发生的怪事，她不寒而栗，最后她爬上床，痛苦地睡了一夜。

第二天，乔治娜憔悴地起床。她在医生康复后第一次见到他。他忙得不可开交，在房子和实验室之间来回走动，除了工作外什么都不关心。没有机会好好谈话，克拉伦登甚至没有注意到他妹妹疲惫的面容和犹豫不决的态度。

傍晚，她听见他在书房里以一种对他来说最不寻常的方式自言自语，她觉得他正处于一种巨大的压力下，这种压力可能会使他重新变得冷漠。她走进房间，试图让他平静下来，但没有提到任何令人不安的话题，并强迫他喝了一碗肉汤。最后，她轻轻地问他什么事使他难过，焦急地等待他的回答，盼望着听到他说苏拉玛对待那个可怜的图白忒人的态度让他感到恐惧和愤怒。

他回答时声音充满了烦躁的情绪。

“有什么让我难过的？天哪，乔治娜，有什么不让我难过？看看笼子，这还需要你再问一次吗！被开除、培养液干了，一个被诅咒的样本都没剩下；还有一堆最重要的细菌在试管中培养，却一点用都没有！一连几天的工作都白费了——整个项目都受挫了——这足以使一个人发疯了！如果我找不到像样的题目，我怎么能有进展呢？”

乔治娜抚摸着他的前额。

“我想你应该休息一会儿，亲爱的。”

他转身离开了。

“休息？太好了！真他妈好！在过去的五十年，

一百年或一千年里，除了休息、无所事事和茫然地凝视太空，我还做了什么？就像我设法摆脱乌云一样，我必须耗尽材料，然后我被告知再次陷入流口水的麻木状态！天哪！与此同时，一些可耻的小偷可能正在利用我的数据，并准备抢在我前面拿走我的成果。我会输得一塌糊涂，而有些拿着合适标本的傻瓜会得到奖励，因为再有一个星期，哪怕只有一半的设备，也能让我顺利地完成！”

他的声音嘶哑起来，乔治娜不喜欢他精神紧张的样子。她轻轻地回答，但不是那么轻柔，像是抚慰一个精神病患者。

“但是你会因为担心和紧张而自杀，如果你死了，你怎么做你的工作呢？”

他冷冷地一笑。

“我想一个星期或一个月——我需要的所有时间——都不会完全结束我的生命，最终我或任何其他个人的命运也并不重要。科学是必须为之服务的，科学是人类知识的严肃事业。我就像我试验用的猴子、鸟和豚鼠一样，只是科学这部机器中的一个齿轮，用来为整体利益服务。它们必须被杀，我也可能死去，但那又怎样？为了科学献身不值得吗？”

乔治娜叹了口气。这一刻，她想知道没完没了的屠杀究竟是否值得。

“但是你肯定你的发现会给人类带来足够的好处来保证这些牺牲是有意义的吗？”

克拉伦登的眼中闪烁着危险的光芒。

“人道！人性到底是什么？科学！笨蛋！只是个体一遍一遍重复！人性是为那些盲目轻信的传教士而创造的。人类是为掠夺财富而生的，他们用美元和美分来说话。人性是为政治家创造的，对他们来说，人性意味着集体权力，使人性能够被用来为自己谋福利。人性是什么？什么都不是！谢天谢地，这种原始的幻觉不会持续太久！一个成年人所崇拜的是真理、知识、科学、光明，揭开面纱，拨开阴影。知识，世界主宰！在我们自己的仪式中有死亡。我们必须杀死、解剖、摧毁——一切为了发现——崇拜不可言说的光明。科学女神要求这样做。我们通过杀戮来测试可疑的毒药。还有什么办法？不要为自己着想——只有知识——其影响必须是已知的。”

他疲惫的声音逐渐消失了，乔治娜微微颤抖起来。

“但这太可怕了，阿尔！你不应该那样想！”

克拉伦登嘲讽地怪笑了一下，这在他妹妹的脑海里引起了奇怪而令人厌恶的联想。

“可怕？你觉得我说的很可怕吗？你应该听听苏

拉玛！我告诉你，亚特兰蒂斯的祭司们都知道，如果你听到他们的一个暗示，你会吓死的。知识就是知识，在十万年前，那时我们的先辈们在亚洲犹如没有语言的半猿一般蹒跚而行！他们知道一些关于猪的事情——在图白忒更远的高地有传言——有一次，我听到一位中国老人在呼唤犹格-索托斯——”

他脸色苍白，伸出食指在空中做了个奇怪的手势。乔治娜真的感到震惊，但随着他的演讲变得不那么精彩，乔治娜变得有些平静了。

“是的，这可能很可怕，但也很光荣。我指的是对知识的追求。当然，这并不是一种模糊的情绪。难道大自然不会不断地残忍杀戮吗？难道只有傻瓜才会对这种斗争感到恐惧吗？杀戮是必要的。它们是科学的光荣。我们从他们身上学到了一些东西，我们不能为了感性而放弃研究。听听多愁善感的人反对接种疫苗的呼声！他们担心这会害死孩子。我们还能怎样发现有关疾病的规律呢？作为一个科学家的妹妹，你应该更了解而不是胡说八道。你应该帮助我的工作，而不是妨碍我的工作！”

“但是，阿尔，”乔治娜反驳道，“我一点也不想妨碍你的工作。我不是一直尽力帮忙吗？我想我是无知的，不能很积极地帮助别人；但至少我为你感到骄傲，为我自己和我的家庭感到骄傲，我一直在努力为你铺平道路。你已经多次表扬过我了。”

克拉伦登敏锐地看着她。

“是的，”他站起身来，大步走出房间时不由自主地说，“你说得对。你总是尽你所能帮忙。你也许还有机会提供更多的帮助。”

乔治娜看见他从前门消失了，就跟着他进了院子。远处，一盏灯笼在树林中闪烁，当他们走近时，他们看到苏拉玛弯下腰去察看一个躺在地上的巨大物体。克拉伦登向前走去，咕哝了一声；但当乔治娜看到这是什么时，她尖叫着冲了上来。这是圣伯纳犬迪克，它静静地躺着，红着眼睛，伸出舌头。

“它病了，阿尔！”她喊道。“快为它做点什么！”

医生看着苏拉玛，后者用乔治娜不知道的语言说了些什么。

“带它去实验室，”他命令道，“恐怕迪克发烧了。”

苏拉玛像前一天提着可怜的赞波一样，抱起那只狗，默默地把它带到靠近墙的那栋楼里。这次他没有怪笑，而是带着一种真正的焦虑看了克拉伦登一眼。在乔治娜看来，苏拉玛是在请求医生救她的宠物。

然而，克拉伦登并没有跟着走，只是站了一会儿，然后慢慢地向房子走去。乔治娜对这种冷酷无情感到惊讶，为迪克不停地恳求，但这是没有用的。克拉伦登对她的恳求毫不理会，径直走向书房，开始读一本面朝下躺在桌上的旧书。当他坐在那里时，乔治娜把手放在他的肩膀上，但他没有说话，也没有转过头来。他只是继续读书，乔治娜好奇地从他的肩膀后瞥了一眼，想知道这本铜版书是用什么奇怪的字母写的。

一刻钟后，在大厅对面那间洞穴般的客厅里，乔治娜独自坐在黑暗中做出了决定。她几乎不敢自言自语，一切都很不对劲了，是时候叫些更强大的力量来帮助她了。这个人当然是詹姆斯。他很有权势，很能干，他的同情和爱心会让他做该做的事。他一直了解阿尔，他会理解的。

这时已经很晚了，但是乔治娜决定立刻采取行动。她穿过大厅，这时书房的灯还亮着，她满怀期望地望了眼门口，然后默默地戴上帽子离开了屋子。出了大门后，步行到杰克逊街是很短的一段路，幸运的是，她在那里找到了一辆马车把她送到西联电报局。在那里，她小心翼翼地给正在萨克拉门托的詹姆斯·道尔顿发了一封电报，请他立刻到旧金山来，谈一件对他们所有人都极为重要的事。

## V

老实说，道尔顿对乔治娜突然发出的消息感到困惑。自从二月那个暴风雨的傍晚，阿尔弗雷德宣布他是外人以来，克拉伦登兄妹就没有再联系过他。即使在医生被开除之后他也渴望表达同情的时候，他也刻意克制自己不联系他们。他为保留任命权同那些政客斗争过，他很遗憾地看着医生被赶下台，尽管他们之间有隔阂，但他还是尊敬这个有完美科研能力的科学家。

面对着这次明显慌乱的求助，他无法想象发生了什么事。不过，他知道乔治娜不是一个会失去理智或发出不必要的警报的人；因此他没有浪费时间，而是在一个小时内从萨克拉门托出发往回赶路，并由一个信使送信给乔治娜，说他在城里，为她效劳。

与此同时，克拉伦登家的一切都平静下来了，尽管医生仍然沉默不语，而且他完全拒绝告知那条狗的情况。邪恶的阴影似乎无处不在，而且越来越浓厚，但在这一刹那，一切都平静了下来。乔治娜得知道尔顿就在附近的消息，心里松了一口气，便回信给道尔顿说必要时她会给他打电话。在日益紧张的气氛中，一种微弱的变化出现了，乔治娜发现，有着偷偷摸摸的特点和令人不安的异国情调且一直困扰着她的那些瘦弱的图白忒仆人不见了。他们一下子就消失了。老玛格丽塔——现在家里唯一的仆人，告诉她图白忒人正在实验室帮助克拉伦登和苏拉玛。

第二天，五月二十八日的早晨是黑暗而低沉的，这一天被牢牢记住了，乔治娜感到不稳定的平静渐渐消逝了。她根本看不到她的哥哥，但她知道尽管缺少必需的样本，他还是在实验室里辛苦地工作着。她想知道可怜的赞波怎么样了，也不知道他是否真的接受过任何重要的疫苗接种，但必须承认，她更想知道迪克的情况。她很想知道，在主人异常冷酷无情的漠不关心中，苏拉玛是否为这只忠实的狗做了什么。苏拉玛在迪克发作的那晚表现出的关心给她留下了深刻的印象，这也许是她对那个讨厌的人最亲切的感觉了。现在，随着时间的推移，她发现自己越来越想迪克了；到最后，她那烦躁的神经，在这一细节中，找到了一种象征性的对整个家庭的恐惧的总结，她再也不能忍受这种悬念了。

到那时之前，她一直尊重阿尔弗雷德蛮横的愿望，即不要到实验室去找他或打扰他；但在这个决定性的下午，她冲破障碍的决心越来越大。最后，她带着坚定的表情出发了，她穿过院子，进入了那座虽未上锁却禁止入内的门厅，她想知道自己的狗怎么样了，也想知道她哥哥保守秘密的理由。

里面的门像往常一样锁着；她听到了门后面激烈的谈话声。当她敲门没有反应时，她尽可能大声地敲了敲门扣，但里面的声音仍然在争论并没有理会她。当然，声音属于苏拉玛和她的哥哥；当她站在那里试图吸引里面人的注意时，她无意中听见了他们的对话。命运使她第二次成为窃听者，她无意中听到的事情又一次使她的精神状态和神经忍耐力达到极限。阿尔弗雷德和苏拉玛的争吵越来越激烈，他们争吵的内容足以激起最强烈的恐惧。当她哥哥的声音尖锐地上升到狂热、紧张、危险的高度时，乔治娜颤抖了。

“你，该死的，你是一个可以跟我谈失败和节制的好人吗？到底是谁挑起了这一切？我对你的被诅咒的恶魔之神和长老世界有什么了解吗？在我的一生中有没有想过你那该死的星球之外的空间和你那混乱的奈亚拉托提普？我是一个普通的科学家，直到我傻到把你从坑里拽出来，带着你那邪恶的亚特兰蒂斯秘密。你怂恿我，现在却想让我停止！你无所事事、游手好闲，在你没有出去找材料的时候告诉我慢慢来。你他妈的很清楚，我不知道该怎么做这些事，而你在地球形成之前就是个老手。这就是你，你这个该死的行尸走肉，做一些你永远不愿完成也不能完成的事情！“

苏拉玛邪恶地怪笑起来。

“你疯了，克拉伦登。这就是我能在三分钟内把你送进地狱的唯一原因。够了就是够了，你已经有了在你这个阶段任何新手所能有的材料。不管怎样，你已经拥有了我能给你的一切！你在这个问题上就是一个疯子，你甚至要牺牲掉你那可怜的妹妹的宠物狗，你本可以放过它的，但是你没有，多么廉价和疯狂的事啊！你现在看到任何活的东西，就会想用金色注射器戳它。不，迪克必须去墨西哥男孩去的地方，赞波和其他七个人去的地方，所有动物都要去的地方！真是幼稚！你不再好玩了，你失去了勇气。你开始控制一切，而它们也在控制你。我和你玩完了，克拉伦登。我以为你有这种天赋，但你没有。我是时候去找别人了。恐怕你得走了！”

在克拉伦登的喊声中包含着恐惧和疯狂。

“你给我小心！我有力量对抗你，我去东方不是什么都没得到，在阿尔哈萨德的《死灵之书》里还有亚特兰蒂斯不知道的东西！我们都插手过危险的事情，但你不必认为你知道我所有的资源。那火焰的复仇女神呢？

我在也门与一位从深红色沙漠中活着回来的老人交谈过，他见过千柱之城埃雷姆，曾在努格和耶布的地下神殿做过礼拜！耶！莎布－尼古拉丝！”

实验室里的怪笑声刺穿了克拉伦登的尖叫。

“闭嘴，你这个白痴！你认为你那荒唐的废话对我有什么影响吗？词语和公式，词语和公式，它们对一个背后有实质内容的人来说意味着什么？我们现在处于物质领域，服从物质法则。你发你的疯；我握我的枪。你拿不到样本，只要你在我面前中间隔着这把枪，我就不会发疯！”

乔治娜只能听到这些。她感到自己的感官在颤抖，她摇摇晃晃地走出门厅，以便在外面低沉的空气中喘口气。她看到危机终于来了，如果要把她的哥哥从未知的疯狂和神秘的深渊中救出来，现在就必须寻找帮助。她鼓起所有的精力，设法走回屋子里，进了书房，草草地写了一张便条，让玛格丽塔拿给詹姆斯·道尔顿。

老妇人走后，乔治娜用尽力气穿过休息室，虚弱地陷入了一种半昏迷状态。她躺在那里好像躺了好多年似的，只意识到暮色从阴暗的大房间的角落悄悄升起，她那饱受折磨和窒息的脑子里充斥着千百种幽灵般的恐怖景象，这些幽灵般的恐怖景象充斥着她那虚幻的，半明半暗的大脑。暮色渐浓，诅咒还在。接着，大厅里响起了一阵坚定的脚步声，她听到有人走进房间，摸索着火柴。当吊灯的煤气喷嘴一个接一个地燃烧起来时，她的心脏几乎停止了跳动，但后来她看到，来的是她的哥哥。他还活着，她心底感到宽慰，不由自主地叹了口气，深深地，颤抖着，最后陷入了昏迷。

听到叹息声，克拉伦登惊慌失措地转向休息室，看到妹妹苍白而不省人事的样子，他感到莫名的震惊。她的脸有一种死亡般的气质，他内心深处感到恐惧，他跪在妹妹身边，开始意识到如果妹妹去世对他意味着什么。在不断追求真理的过程中，他长期不动手实践，已经不会急救了，只能喊着她的名字，机械地摩擦她的手腕，这时恐惧和悲伤已经占据了他。然后他想到了水，就跑到餐厅拿了一个杯子。他在黑暗中蹒跚地走来走去，似乎隐藏着隐约的恐惧，过了一段时间才找到他要找的东西；然后，他用颤抖的手抓住杯子，急忙赶回去把冰冷的水泼到乔治娜的脸上。这种方法虽然粗糙，但很有效。她又动了一下，叹了口气，终于睁开了眼睛。

“你还活着！”他哭了，当她母亲般地抚摸他的头时，他把脸贴在她的脸上。她几乎高兴得要晕倒了，因为这件事似乎驱散了那个奇怪的阿尔弗雷德，把她自己的哥哥带回了她身边。她慢慢地坐起来，试图使他放心。

“我没事，阿尔。给我一杯水。这样浪费是罪过，更别说弄坏我的腰了！你妹妹每次来打盹你都要这样吗？你不要认为我生病了，我没有时间听这种胡说八道！”

阿尔弗雷德的眼神表明，她那冷静、符合常识的话起了作用。他的恐慌情绪一下子就消失了，相反，他脸上出现了一种含糊不清的、深思熟虑的表情，仿佛有一种奇妙的可能性刚刚出现在他身上。当她看到他脸上掠过一阵狡黠和赞赏的微妙表情时，她越来越不确定自己的安慰方式是否明智。在他说话之前，她发现自己在为一件她无法定义的事情发抖。一种强烈的医学本能告诉她，他的神志清醒的时刻已经过去了，他现在又一次成为科学研究的狂热分子。她一不经意地提到身体健康，他就眯起了眼睛，这是一种病态的感觉。他在想什么？他对实验的热情将被推向什么非自然的极端？她纯洁的血液和绝对完美的状态的特殊意义在哪里？然而，这些疑虑并没有困扰乔治娜超过一秒钟，当她感觉到哥哥的手指稳稳地摸着她的脉搏时，她显得相当自然，毫不怀疑。

“你有点发烧，乔治娜，”他用一种精确的、精心克制的声音说，他用专业的眼光看着她的眼睛。

“啊，胡说，我很好，”她回答。“人们会以为你是为了炫耀你的发现才监视发烧病人的！不过，如果你能通过医治自己的妹妹来做最后的证明和示范，那就太有意义了！”

克拉伦登猛然内疚地吃了一惊。她怀疑过他的愿望吗？他大声咕哝过什么吗？克拉伦登仔细地看着他妹妹，发现她一点儿也不知道真相。当他站在客厅的一边时，乔治娜甜甜地对着他的脸笑了笑，拍了拍他的手。然后，他从背心口袋里拿出一个长方形的小皮盒子，取出一个金色的小注射器，开始若有所思地用手指拨弄着，把注射器里面的空气抽进推出。

“我想知道，”他用温和的语气开始说，“如果需要的话，你是否真的愿意以这种方式帮助科学？如果你知道这能帮助我完美地完成工作，你是否会像耶弗他女儿一样献身于医学事业？”

乔治娜看到哥哥眼里闪烁着危险的光芒，终于知道她最害怕的事情成真了。现在除了不惜代价地让他冷静下来，祈祷玛格丽塔在俱乐部找到詹姆斯·道尔顿之外，什么都做不了。

“你看起来很累，亲爱的，”她温柔地说。“你急需休息，为什么不弄点镇静剂，好好睡一觉呢？”

他若有所思地回答。

“是的，你是对的。我们都累坏了，都需要好好睡一觉。镇静剂就是合适的东西，等我去把注射器灌满，我们俩都需要镇静剂。”

他仍然用手拨弄着空注射器，克拉伦登轻轻地走出房间。乔治娜绝望地环顾四周，耳朵里警惕着任何可能帮助她的声音。她觉得自己又听到玛格丽塔在地下室厨房里的声音，于是站起身按铃，想知道道尔顿是否收到了消息。老仆人立刻回应了她，告诉她几小时前就把消息传到俱乐部了。道尔顿州长出去了，但办事员答应道尔顿回来后第一时间把那张字条递给他。

玛格丽塔又摇摇晃晃地走下楼梯，但克拉伦登还是没有再出现。他在干什么？他在计划什么？她听见外面的门砰的一声关上了，所以知道他一定在实验室。他是不是因为精神错乱而忘了他的初衷？悬念变得几乎难以忍受，乔治娜不得不咬紧牙关以免尖叫。

在实验室和家里同时响起的门铃声终于打破了紧张气氛。当苏拉玛离开实验室去开门时，她听到了他像猫一样的脚步声；接着，听到道尔顿在和那个阴险的仆人说话时那坚定而熟悉的语调时，她几乎是歇斯底里地松了一口气。当他出现在书房门口时，乔治娜几乎是摇摇晃晃地站起来迎接他。那一刻道尔顿没有说话，只是彬彬有礼地用老派方式吻了她的手。接着，乔治娜急急忙忙地解释了一通，把发生的一切，她瞥见的、无意中听到的，以及她怀疑和害怕的一切都讲了出来。

道尔顿严肃而理解地听着，他最初的困惑渐渐让位于惊讶、同情和决心。这封信是一个粗心大意的办事员拿着的，稍稍耽搁了一会儿，正好发现他正在温暖的休息室里热烈地讨论克拉伦登的事。一位名叫麦克尼尔的同事带来了一本医学杂志，上面有一篇精心设计的文章，目的是要诽谤这位热心的科学家，当消息最终交到他手上的时候，道尔顿刚要把这篇论文留着，以便以后参考。放弃筹算了一半的让麦克尼尔医生相信阿尔弗雷德的计划，他立刻拿上了他的帽子和手杖，一刻也不耽误地叫了一辆车去克拉伦登家。

他想，苏拉玛一认出他来，就显得很惊慌；不过，当他再次大步走向实验室时，还是像往常一样怪笑了。道尔顿总是回忆起苏拉玛在这个不祥的夜晚的脚步和笑声，因为他再也没见到这个不祥的生物了。怪笑的人走进实验室的前厅时，他那低沉的喉音似乎和一些低沉的雷声混在了一起，搅扰着远处的地平线。

当道尔顿听乔治娜都说完后，得知阿尔弗雷德随时都可能带着皮下注射的镇静剂回来时，他决定最好单独和医生谈谈。他劝乔治娜回房间等事态发展，在阴暗的书房里走来走去，翻阅着书架，听克拉伦登在外面实验室小径上神经质的脚步声。尽管有吊灯，宽敞的房间的角落还是阴暗的，道尔顿越仔细地看他的朋友选择的书，他就越不喜欢。这不是一个正常的医生、生物学家或普通文化人的收藏。关于可疑的边缘主题的书太多了：中世纪黑暗的猜想和禁忌的仪式，以及已知或未知的陌生字母包含太多的奇异奥秘。

桌上那本大的观察笔记也不正常。笔迹有一种神经质的感觉，而且内容的精神也让人不安。长长的段落用难辨认的希腊文写成，当道尔顿整理他的记忆准备开始翻译这些段落时，多希望在大学里学色诺芬和荷马的斗争的时候能更认真一点。这里有些不对劲，太可怕了，州长一瘸一拐地坐在桌子旁边的椅子上，他越来越专心阅读着医生写的骇人听闻的希腊文。这时，一个声音传来，一只手猛地搭在他肩上，他吓了一跳。

“请问，这次闯进来的原因是什么？你本可以把你的事告诉苏拉玛的。”

克拉伦登一手拿着金色的注射器，冰冷地站在椅子旁边。他看上去很镇定、很理智，道尔顿一时觉得乔治娜一定是夸大了他的病情。一位退步的学者怎么能对这些希腊文条目绝对有把握呢？州长决定在会面的时候要十分谨慎，他很庆幸自己的外衣口袋里装了一个似是而非的借口。他站起来回答时，显得十分冷静和自信。

“我原以为你不愿意把事情拖到下属面前，但我想你应该马上看看这篇文章。”

他拿出麦克尼尔医生给他的杂志，递给了克拉伦登。

“在第542页，你可以看到标题，‘黑热病被新血清征服’，是费城的米勒医生，他认为他的治疗方法已经领先于你的了。他们在俱乐部里讨论这件事，麦克尼尔认为这个解释很有说服力。作为一个外行，我无法判断；但无论如何，我认为你不应该错过这样一个了解新东西的机会。当然，如果你忙的话，我不会打扰你的——”

克拉伦登突然插嘴。

“我要给我妹妹做皮下注射，她身体不太好，但我回来后会看看那个庸医说了些什么。我了解米勒，他是一个卑鄙无能的人，我不相信他有头脑从他所见过的那些人身上偷取我的方法。”

道尔顿突然感觉到一股直觉在警告他，乔治娜不能接受注射。这件事有些危险。从乔治娜所说的来看，阿尔弗雷德一定是准备了很久，远远超过了准备镇静剂所需的时间。他决定尽可能拖住克拉伦登，同时或多或少地用一种微妙的方式来测试他的态度。

“很抱歉听到乔治娜身体不好。你确定注射对她有好处吗？不会对她有任何伤害吗？”

克拉伦登说话断断续续，表明有什么东西击中了要害。

“伤害她吗？”他喊道。“别傻了！你知道，乔治娜必须是最健康的状态，我是说最健康的，才能像一个克拉伦登家的人那样为科学服务。至少，她很感激她是我的妹妹。她认为她为我做出的牺牲再大也不过分。她是一位真理与发现的女祭司，就像我是一位祭司一样。”

他停止了尖声的长篇大论，眼睛睁得很大，有点上气不接下气。道尔顿看得出他的注意力暂时转移了。

“但是让我看看这个被诅咒的江湖郎中说了些什么，”他继续说道。“如果他认为他那假冒的医学辞藻能让一个真正的医生上当，那么他就比我想象的还要笨！”

克拉伦登紧张地找到了正确的一页，他站在那里，手里拿着注射器，开始看了起来。道尔顿想知道事实真相是什么。麦克尼尔向他保证，作者是一位地位崇高的病理学家，无论这篇文章可能有什么错误，它背后的思想是强大、博学和真诚的，绝对值得尊敬。

当医生看着文章时，道尔顿发现那张瘦削的、蓄着胡须的脸变得苍白了。那双大眼睛目光闪烁，瘦长的手指紧紧地抓着书页，发出咯吱咯吱的响声。高高的白色前额上冒着冷汗，那里的头发已经稀疏了。克拉伦登目瞪口呆地坐在道尔顿让开的椅子上，继续如饥似渴地读着文章。接着传来一声野兽般的尖叫，克拉伦登踉跄着走到桌子旁，伸出的胳膊把他们面前的书和纸扫到地上，这时他的意识就像熄灭了的蜡烛一样变得昏暗了。

道尔顿跳起来帮助他那受伤的朋友，扶起那瘦弱的身子，让他斜躺在椅子上。他看见酒廊附近的地板上有一瓶水，就往克拉伦登扭曲的脸上泼了些水，作为回报，他看到那双大眼睛慢慢地睁开了。他的眼睛现在是清醒的，深邃而悲伤，但毫无疑问是清醒的，道尔顿对这场悲剧感到敬畏，他永远不希望也不敢探究这场悲剧有多凄凉。

金色的注射器仍然紧握在瘦削的左手里，当克拉伦登深深地、颤抖着吸了一口气后，他松开了手指，看着他手掌上闪闪发光的东西。然后慢慢地，带着说不出的悲哀和彻底的绝望说道。

“谢谢，吉米，我很好。但还有很多事情要做。刚才你问我这一针镇静剂是否会伤害乔治娜。我现在可以告诉你，它不会。”

他转动注射器里的一颗小螺丝，把一根手指放在活塞上，同时用左手拉着自己脖子上的皮肤。道尔顿惊恐地大叫起来的同时，他的右手闪电般地把圆柱体里的东西注射进自己的肌肉里面。

“天哪，阿尔，你做了什么？”

克拉伦登微微一笑，一种几乎是平静和顺从的微笑，与过去几个星期的冷嘲热讽完全不同。

“你应该知道，吉米，如果你仍然有使你成为州长的判断力的话。你一定从我的笔记中拼凑出了足够的东西，才意识到没有别的事可做了。以你在哥伦比亚大学时的希腊语成绩，我想你不会错过太多内容。我只能说这都是真的。

“詹姆斯，我不想推卸责任，但我要告诉你是苏拉玛让我卷入这件事的。我不能告诉你他是谁，也不能告诉你他是什么，因为我不完全了解我自己，我所知道的是任何理智的人都不应该知道的；但我要说，我不认为他是一个完全意义上的人，我不确定他是否像我们所知道的那样活着。

“你以为我在胡说八道。我也希望我是，但这一切可怕的事情都是真的。我一开始就有一个干净的思想和目标。我想让世界摆脱发热。我尝试了，但失败了，我真希望我当时能诚实地承认我失败了。别让我以前讲的科学欺骗了你，詹姆斯，我没有发现任何抗毒素，甚至连半点线索都没找到！

“老伙计，别这么惊慌！像你这样经验丰富的政客一定见过很多揭露真相的事。我告诉你，我甚至还没开始治疗发烧。但是我的研究把我带到了一些奇怪的地方，听一些古怪的人的故事，我这该死的坏运气。詹姆斯，如果你希望一个人好，告诉他远离地球上古老而隐蔽的地方。老的与世隔绝的地方是危险的，那里流传的东西对健康的人没有任何好处。我与老祭司和神秘主义者谈得太多了，我开始希望能以黑暗的方式实现以正常方式无法做到的事情。

“我不想告诉你我到底是什么意思，因为如果我告诉了你，我就会像那些毁了我的老祭司一样坏。我需要说的是，在我学到这些之后，想到这个世界和它所经历的一切，我不寒而栗。这个世界被诅咒了，詹姆斯，在我们的有机生命和与之相关的地质时代开始之前，曾有完整的章节生存然后消失。这是一个可怕的想法，整个被遗忘的包括生物、种族、智慧和疾病的进化周期，在地质学告诉我们有第一只变形虫在热带海洋里搅动之前就已经存在，然后消失了。

“我说消失，但我不是那个意思。如果那样会更好，但事实并非如此。在某些地方，传统一直保持着，我不能告诉你是怎么保持的，某些古老的生命形式在漫长的岁月中，一直在一些隐蔽的地方艰难地挣扎着。你知道，曾经有邪教，成群的邪恶祭祀被埋在现在海底的土地上。亚特兰蒂斯是温床。那是个可怕的地方。如果上天仁慈，就没有人能把这种恐惧从深渊中拉上来。

“不过，它有一个没有沉没的殖民地；当你取得非洲的一位图阿雷格祭司的信任时，他很可能会告诉你关于这件事的荒诞故事——这些故事与你在亚洲秘密平台上听到的疯狂喇嘛和轻浮的牦牛车夫之间的低语联系在一起。当我走上大舞台的时候，我听到了所有常见的故事和耳语。那是什么，你永远也不会知道——但它涉及的是很久以前亵渎神灵的人或事，可以通过某些过程重新活着——或者看起来重新活着——而这些过程对告诉我的人来说并不是很清楚。

“现在，詹姆斯，尽管我承认我对发热撒谎了，但你知道作为一名医生我干得还不错。我努力学习医学，吸收的知识和别人差不多——也许还要多一点，因为在霍格尔的乡下，我做了一件牧师从来没有做过的事。他们把我蒙上眼睛带到了一个世世代代封闭的地方，然后我和苏拉玛一起回来了。

“放松，詹姆斯！我知道你想说什么。他怎么知道他所知道的一切？——为什么他说英语——或者任何其他语言——没有口音？——他为什么和我一起走？——还有所有这些。我不能完全告诉你，但我可以说，他除了大脑和感官之外，还接受思想、图像和印象。他对我和我的科学都有用处。他告诉了我一些事情，打开了视野。他教我崇拜古老的、原始的和邪恶的神，并规划了一条通往一个可怕的目标的道路，我甚至无法向你暗示。别逼我，詹姆斯——这是为了你的理智和世界的理智！

“这个生物是无边无际的。他与星星和自然界的所有力量联合在一起。别以为我还疯着，詹姆斯——我发誓我没有发疯！我看得太多了，不敢怀疑。他给了我新的快乐，那是他古希腊崇拜的形式，其中最大的快乐是黑热。

“上帝，詹姆斯！到这个时候你还没看清这件事吗？你还相信黑热病是从图白忒来的吗？你还相信我在那里学到的吗？动动脑筋，伙计！看看米勒的文章！他发现了一种基本的抗毒素，可以在半个世纪内结束所有的发烧，当其他人学习如何改变它的不同形式。他把我的青春从我的脚下割断了——做了我愿意付出生命去做的事——在科学的微风中，我曾抛弃过诚实的帆，现在被风吹走了！你想知道他的文章让我很反感吗？你想知道它把我从疯狂中惊醒，让我回到我年轻时的旧梦中吗？太迟了！太迟了！但救别人还不算太晚！

“我想我现在有点胡说八道了，老家伙。你知道——皮下注射。我问过你为什么不去了解黑热病的真相。但你怎么能呢？米勒不是说他用血清治好了七个病例吗？诊断的问题，詹姆斯。他只认为是黑热病。我能听懂他的言外之意。在这里，老家伙，在第 551 页，是整个事情的关键。再读一遍。

“你看，不是吗？太平洋沿岸的发烧病例对他的血清没有反应。它们把他弄糊涂了。它们甚至不像是他所知道的任何真正的发烧。那是我的案子！那些是真正的黑热病病例！地球上再也没有一种抗毒素能治好黑热病了！

“我怎么知道？因为黑热病不是地球上的！它是从别的地方来的，詹姆斯——只有苏拉玛知道在哪里，因为他把它带到这里来了。他带来了，我把它传开了！这就是秘密，詹姆斯！这就是我想要的任命——这就是我所做的一切——只是散播了我在这个金色注射器和你在我食指上看到的更致命的指环泵注射器中携带的热度！

科学？一个瞎子！我想杀啊，杀啊，杀啊！我的手指被压了一下，黑热病就被接种了。我想看到生物在嘴边扭动，蠕动、尖叫和泡沫。一个压力的泵——注射器和我可以看着他们死亡，我不能生活或思考，除非我有足够多的东西可以观看。这就是为什么我用那该死的空心针刺穿了眼前的一切。动物、罪犯、孩子、仆人——下一个就是——”

克拉伦登的声音变小了，他在椅子上明显崩溃。

“那——那，詹姆斯——是——我的生活。苏拉玛把它弄成这样——他教我，一直教我，直到我停不下来。对他来说太过分了。他想检查我。真想不到他竟然想查那条线上的人！但现在我有了最后一个样本。这是我最后一次测试。很好的科目，詹姆斯——我很健康——非常健康。然而，具有讽刺意味的是——疯狂已经消失了，所以看着痛苦就没有任何乐趣了！不能——不能——”

一阵剧烈的发烧使医生浑身发抖，道尔顿在恐惧和茫然中哀悼，因为他不能给人以悲痛。阿尔弗雷德的故事有多少纯粹是胡说八道，有多少噩梦般的真相他说不出来；但无论如何，他觉得这个人是受害者而不是罪犯，最重要的是，他是儿时的战友，也是乔治娜的哥哥。回想起过去的日子，万花筒般的光芒又回来了。“小阿尔弗”——菲利普斯·埃克塞特的院子——哥伦比亚的四合院——当汤姆·科特兰把阿尔弗从鞍马中救出来的时候，他和他打了起来……

他扶着克拉伦登到休息室，轻轻地问他能做些什么。什么都没有。阿尔弗雷德现在只能低声说了，但他请求原谅他所有的过错，并把他的妹妹托付给他的朋友照顾。

“你——你会——让她高兴的，”他喘着气说。“她值得。殉道神话！补偿她，詹姆斯。别让她知道得太多！”

他咕哝了一声，声音变小了，陷入了昏迷。道尔顿按了门铃，但玛格丽塔已经上床睡觉了，所以他叫楼上的乔治娜。她脚步坚定，但脸色苍白。阿尔弗雷德的尖叫使她痛苦不堪，但她信任詹姆斯。她仍然相信他，因为他在休息室里给她看了昏迷的身影，叫她回房间休息，不管她听到什么声音。他不想让她看到即将到来的可怕的神志不清的景象，而是让她吻她的哥哥做最后一次告别，因为他躺在那里，一动不动，非常像他曾经是一个娇弱的男孩。于是，她离开了他——那个奇怪的，月光灿烂的，看星星的天才，她已经养育了这么久——而她带走的这幅画是一幅非常仁慈的画。

道尔顿必须为他的坟墓画一幅更严厉的图画。他对精神错乱的恐惧并不是徒劳的，在整个黑暗的午夜里，他那巨大的力量抑制住了疯子的疯狂扭曲。他从那些肿胀、发黑的嘴唇里听到的，他再也不会重复了。从那以后，他再也不是原来的那个人了，他知道没有人能像以前那样听到这样的事情了。因此，为了世界的利益，他不敢说话，他感谢上帝，他这个门外汉对某些主题的无知使得许多启示对他来说是神秘和没有意义的。

快到早晨的时候，克拉伦登突然清醒过来，开始用坚定的声音说话。

“詹姆斯，我没有告诉你必须做什么——关于一切。用希腊语涂掉这些条目，把我的笔记本寄给米勒医生。我的其他笔记，你也可以在文件里找到。他是当今的权威——他的文章证明了这一点。你在俱乐部的朋友是对的。

“但是实验室里的一切都掩埋了。一切都无一例外，不管是死是活。地狱的瘟疫都在架子上的那些瓶子里。烧掉他们——烧掉一切——如果有一样东西逃脱了，苏拉玛会把黑热病传播到全世界。最重要的是烧掉苏拉玛！那——那东西——不能呼吸天堂的健康空气。你现在知道——我告诉过你——你知道为什么这样一个实体在地球上是不被允许的。这不是谋杀——苏拉玛不是人——如果你像以前那样虔诚，詹姆斯，我就不用催促你了。记住那句老话——‘你不能让巫婆活着’——或者诸如此类的话。

“烧了他，詹姆斯！别让他再为肉体的折磨而咯咯笑了！我说，烧死他——火焰的复仇者——这就是他所能接触到的，詹姆斯，除非你能在他睡着的时候抓住他，用木桩刺穿他的心脏……杀死他——铲除他——净化体面的宇宙的原始污点——我从它漫长的睡眠中回忆起的污点……”

医生用胳膊肘支起身子，他的声音最后变成了一声刺耳的尖叫。然而，他太努力了，他突然陷入了一种深深的、平静的昏迷状态。道尔顿自己也不怕发烧，因为他知道这种可怕的病菌是不会传染的，于是他把阿尔弗雷德的胳膊和腿放在休息室里，把一个轻薄的编织毯盖在那脆弱的身体上。毕竟，这种恐惧会不会有太多的夸张和神志不清？麦克尼尔老医生是不是有可能把他救出来？州长竭力保持清醒，在房间里来回轻快地走着，但他的精力负担过重，无法采取任何措施。坐在桌边的椅子上休息了一会儿，事情就超出了控制，尽管他努力保持清醒，但他仍陷入了睡眠。

道尔顿猛地一惊，眼睛里闪过一丝亮光，他一时以为天亮了。但那不是黎明，当他揉着沉重的眼睑时，他看到那是院子里燃烧着的实验室的耀眼光芒，那坚固的木板在他所见过的最可怕的大屠杀中燃烧着，咆哮着，噼啪作响。这的确是克拉伦登所希望的“火焰的复仇者”，道尔顿觉得，在一场比一般松树或红杉所能承受的还要狂野得多的大火中，一定牵涉到一些奇怪的可燃物。他惊恐地瞥了一眼休息室，但阿尔弗雷德不在那里。他起身去给乔治娜打电话，但在大厅里遇见了她，就像被熊熊大火惊醒了。

“实验室着火了！”她喊道。“阿尔现在好吗？”

“他不见了——在我睡着的时候不见了！”道尔顿答道，伸出一只坚实的胳膊扶住昏厥开始摇晃的身体。

他温柔地领着她上楼去她的房间，答应马上去找阿尔弗雷德，但是乔治娜慢慢地摇摇头，外面的火焰从楼梯口的窗户里发出一种奇怪的光芒。

“他一定是死了，詹姆斯——他再也活不下去了，神志清醒，知道自己做了什么。我听见他和苏拉玛吵架，知道发生了可怕的事情。他是我的哥哥，但——这是最好的。”

她的声音低沉下来，成了耳语。

突然，从敞开的窗户传来一声又深又丑的咯咯笑声，燃烧着的实验室的火焰呈现出新的轮廓，直到它们一半像是某种无名的巨无霸噩梦般的生物。詹姆士和乔治娜犹豫了一下，气喘吁吁地从落地窗窗口向外张望。接着从天上传来一声雷鸣，一道叉状的闪电可怕地直射入熊熊燃烧的废墟之中。深深的咯咯笑声停止了，取而代之的是一声疯狂的、高声的叫喊，就像一千个被折磨的食尸鬼和狼人一样。它随着漫长的回声消失了，火焰慢慢地恢复了正常的形状。

守望的人一动不动，一直等到火柱缩成一团燃烧着的火焰。他们庆幸的是，近郊区消防员们没有立刻出动，更庆幸的是，那堵墙把好奇的人拒之门外。所发生的一切并不是因为庸俗的眼睛——它牵涉到太多的宇宙内部秘密。

在苍白的黎明，詹姆斯轻轻地对乔治娜说话，乔治娜只能把头靠在他的胸前哭泣。

“亲爱的，我想他已经赎罪了。他一定是在我睡着的时候放的火。他告诉我应该把它烧掉——实验室，还有里面的一切，苏拉玛。这是唯一能把世界从他的未知恐惧中解救出来的方法。他知道，他做了最好的事。

“他是个伟人，乔治娜。让我们永远不要忘记这一点。我们必须永远为他感到骄傲，因为他一开始是为了帮助人类，即使他有罪，他也非常伟大。有时间我会告诉你更多的。他所做的，不管是好是坏，都是从来没有人做过的。他是第一个也是最后一个揭开某些面纱的人，甚至提亚那的阿波罗尼乌斯也排在他之后。但我们不能谈这个。我们必须记住，他只是我们所认识的那个小阿尔弗——一个想要掌握医学和战胜黑热病的男孩。”

下午，悠闲的消防员对废墟进行了搜寻，发现了两具骨骼，骨骼上黏着一些发黑的肉块——幸好没有检查石灰坑，只有两具骨骼。一个是男人；另一个问题仍然是海岸生物学家们争论的话题，它并不是猿猴或蜥蜴的骨骼，但它有令人不安的进化线索，古生物学家没有发现这些线索。奇怪的是，烧焦了的头骨很像人，让人想起了苏拉玛，但剩下的骨头是无法猜测的，只有剪裁考究的衣服才能使这样的身体看起来像个男人。

但是人的骨头是克拉伦登的。没有人对此提出异议，全世界仍在哀悼这位年轻的伟大的医生的过早离世；这位细菌学家发现的发热血清，如果米勒医生能完善，就会远远超过他的同类抗毒素。事实上，米勒后期的成功在很大程度上要归功于不幸的火灾受害者留给他的遗书。在过去的竞争和仇恨中，几乎没有人幸存下来，甚至连威尔弗雷德·琼斯医生都以他与这位消失的领导的关系而自豪。

詹姆斯·道尔顿和他的妻子乔治娜一直保持沉默，

谦虚和家庭的悲痛可以很好地解释这一点。他们发表了一些笔记来纪念这位伟人，但从来没有证实或反驳过流言，也有极少数敏锐的思想家在窃窃私语，这是一种罕见的奇迹暗示。事实是非常微妙和缓慢地被过滤掉的。道尔顿也许给了麦克尼尔医生一个真相的暗示，而这位善良的灵魂对他的儿子来说并没有多少秘密。

大体上来说，道尔顿一家过着非常幸福的生活，因为他们灾祸的阴影还在遥远隐秘之处，他们深爱彼此所以整个世界都常看常新。但有些事情却以古怪的方式骚扰着他们——一些鲜有人抱怨的小事。他们受不了那些瘦削的人，也无法忍受那些嗓音过分深沉的人，每次听到有人嗓子眼儿里发出咯咯咯的笑声，乔治娜就会变得脸色惨白。道尔顿参议员害怕神秘、旅行、皮下注射以及有多种拼写方法的奇怪单词，还有人指责他涂抹医生的笔记。

不过，麦克尼尔似乎意识到，他是一个简单的人，当阿尔弗雷德·克拉伦登的最后一本古怪的书化为灰烬时，他做了一个祷告。在这些书中，任何一个心领神会的人都不会默默地祈祷一个字。

图书在版编目（CIP）数据

星之彩 /（美）H.P.洛夫克拉夫特（H.P.Lovecraft）著；谢紫薇，范娟译. —重庆：重庆大学出版社，2025.5 — ISBN 978-7-5689-4998-9

Ⅰ. I712.45

中国国家版本馆CIP数据核字第2025TY7086号

星之彩

XINGZHICAI

［美］H.P.洛夫克拉夫特 著

谢紫薇 范娟 译

责任编辑 李佳熙 装帧设计 媛 媛

责任校对 文 鹏 责任印制 张 策

插 图 珠子酱 陈 华 刘曦凝

重庆大学出版社出版发行

出版人 陈晓阳

社址 （401331）重庆市沙坪坝区大学城西路21号

网址 http://www.cqup.com.cn

印刷 重庆市国丰印务有限责任公司

开本：712mm×1000mm 1/32 印张：7.25 字数：125千

2025年5月第1版 2025年5月第1次印刷

ISBN 978-7-5689-4998-9 定价：48.00元